Sophia

Hilde Kähler-Timm · Wir sind das ABC

Hilde Kähler-Timm

Wir sind das ABC

Mit Bildern von Julia Wittkamp

Erika Klopp Verlag

CIP-Titelaufnahme der Deutschen Bibliothek
Kähler-Timm, Hilde:
Wir sind das ABC / Hilde Kähler-Timm.
Berlin ; München : Klopp, 1990
ISBN 3-7817-1014-9

Printed in Germany
Einbandbild: Julia Wittkamp
Satz: IBV Satz- und Datentechnik, Berlin
Lithographie: Brandt & Vejmelka, Berlin
Druck: Druckhaus Langenscheidt, Berlin
Bindung: Lüderitz & Bauer, Berlin
Auflagenkennzeichnung (letzte Ziffern maßgebend)

Auflage:	5	4	3	2	1
Jahr:	1994	93	92	91	90

Für Jan Jelle und Jane Marie

Die Autorin

Hilde Kähler-Timm wurde 1947 in einem Dorf in Schleswig-Holstein geboren. Sie wurde Bibliothekarin und studierte – von klein auf eine begeisterte Leserin – zusätzlich Germanistik und Kunstgeschichte. Sie arbeitete mehrere Jahre in ihrem Beruf in Kiel und Flensburg und lebt jetzt mit ihrem Mann und zwei Kindern in Bad Schwartau. 1975 erschien ihr erstes Kinderbuch. Außerdem veröffentlichte sie Arbeiten über vergleichende Mundartforschung im »Klaus-Groth-Jahrbuch«.
»Wir sind das ABC« ist ihr erstes Buch im Erika Klopp Verlag.

Die Illustratorin

Julia Wittkamp, Jahrgang 1970, ist mit bildender Kunst aufgewachsen. Sie wohnt mit ihren Eltern und ihrem jüngeren Bruder in Lüdinghausen/Westfalen und zeichnet »für ihr Leben gern«. In nächster Zeit wird sie ein Studium an der Fachhochschule für Graphikdesign beginnen.
»Wir sind das ABC« ist das erste Buch, das sie illustriert hat.

Inhalt

Das ABC erscheint auf der Welt

Das ABC kam an einem 1. April zur Welt.

Am 1. April passieren manchmal merkwürdige Sachen. Zum Beispiel kommt es vor, daß die ganze Familie ruft: »Ach du liebe Güte, du hast ja lauter rote Punkte im Gesicht!«

Und wenn man dann aufgeregt in den Spiegel guckt, entdeckt man keinen einzigen roten Fleck. In der Zeitung steht vielleicht, daß die Schule abgebrannt ist: Man rennt hin und sieht schon von weitem, daß sie leider noch völlig heil ist. Und zu Mittag gibt es gar keine Froschschenkel mit Fliegenpilzsoße, wie Mama morgens gesagt hat, sondern ganz normale Pfannkuchen. Man muß sich also schon auf allerhand gefaßt machen, wenn Kinder am 1. April geboren werden.

Die ABC-Eltern – das waren Bine und Klaus – hatten sich sehr viel Mühe gegeben, alles für ihre Zwillinge vorzubereiten. (Die Ärzte hatten nämlich festgestellt, daß Bine Zwillinge bekommen würde.) Bine und Klaus kauften also: zwei Wiegen, einen Doppelkinderwagen, von jedem

Strampelanzug zwei Stück, zwei Rasseln, zwei Schnuller, zwei Plastikenten und auch schon ein Etagenbett. Bine wollte, daß das Mädchen Benedikte heißen sollte und der Junge Andreas. Klaus wollte, daß der Junge Benedikt heißen sollte und das Mädchen Andrea. Dieser Streit war noch nicht entschieden, als Bine am Morgen des 1. April ins Krankenhaus kam. Um zwölf Uhr wurde ein kleiner Junge geboren.

»Andreas«, stöhnte Bine, aus der von jetzt an »Mama« geworden war.

Klaus, jetzt »Papa«, wollte sie in diesem Augenblick nicht ärgern und verschluckte sein »Benedikt«. Mama war mit ihrer Arbeit ja noch nicht fertig. Um zwölf Uhr zehn brachte sie wieder einen kleinen Jungen zur Welt, der ganz genauso wie der erste aussah.

»Benedikt!« rief Papa stolz.

Die Ärzte und Schwestern gratulierten. Aber Mama hörte ihnen überhaupt nicht zu. Um zwölf Uhr dreißig erschien zur allgemeinen Überraschung noch ein kleiner Junge, der den beiden ersten ähnlich war wie ein Ei dem anderen. Erst später stellte man fest, daß er einen Zentimeter kleiner als seine Brüder war. Darum, und weil er als letzter kam, wurde er auch »der Kleine« genannt.

»Ist jetzt Schluß, Binchen?« fragte Papa mit ängstlichem Gesicht.

»Ich glaube schon.« Mama lächelte müde.

Die Ärzte starrten verlegen auf das dritte Baby. Wo sich das all die Monate über in Mamas Bauch versteckt hatte, war ihnen ein Rätsel.

»A... Andreas, B... Benedikt, C... C?« flüsterte Mama.

»C..., C..., Carl vielleicht? Wie findest du Carl, Schätzchen?« murmelte Papa. Ihm war etwas schwindelig, weil er in einer halben Stunde Vater von drei Jungen geworden war.

»So hieß mein Großvater, Carl mit C. Ist es nicht ein bißchen altmodisch?« hauchte Mama.

»Ich bin so durcheinander, mir fällt mit C nichts anderes ein«, sagte Papa. »Höchstens Cäsar.«

»Wir könnten ihn Carlchen nennen«, seufzte Mama.

Später fiel ihnen noch Christian ein, oder Christoph, oder Carsten, oder ganz einfach Klaus wie Papa, aber mit C. Doch da hieß der Kleine schon Carlchen und sah aus wie Carlchen und blieb auch Carlchen.

Zwei Tage später gab es in der Zeitung unter der Überschrift »Die ABC-Drillinge von Drüttenstedt« ein Bild von einer sehr erschöpft aussehenden Mama, die drei kleine Bündel im Arm hielt, aus denen drei ganz gleich aussehende Glatzköpfchen hervorschauten. Daneben stand ein sehr erschöpft aussehender Papa. Das Bild wurde ausgeschnitten und in einem kleinen Rahmen an die Wand gehängt.

Nach sechs Jahren hängte Mama ein anderes Bild darunter. »Die Drüttenstedter Drillinge kommen zur Schule« stand in großen Buchstaben über einem Foto. Die Zeitung hatte es sogar in Farbe gedruckt, damit man die schönen Schultüten besser sehen konnte. Links auf dem Bild ging Andreas, der inzwischen Andi genannt wurde und ein großes A auf dem Pullover trug. Rechts ging

Benedikt, der Benni genannt wurde und natürlich ein B auf dem Pullover hatte. Und in der Mitte, der mit dem C, das war Carlchen, der immer noch Carlchen hieß und immer noch genau einen Zentimeter kleiner als seine Brüder war.

Die Buchstaben hatte Mama aus Mitleid mit den Lehrern auf alle Pullover und T-Shirts genäht, weil man die Jungen nicht unterscheiden konnte. Nicht einmal, wenn man sie durch eine Lupe betrachtet hätte. Nur Mama konnte das. Sie fand sogar, daß sie ziemlich verschieden aussähen, aber das fand sonst keiner. Selbst Papa hatte manchmal wenig Ahnung, welchen seiner Söhne er vor sich hatte, besonders wenn er in Eile war.

»Andi-Benni-Carlchen!« rief er dann vorsichtshalber. »Ich habe dir schon zehnmal gesagt, du sollst nicht so mit der Zahnpasta herumschmieren!«

Meistens aber rief er, genau wie Mama, nur: »ABC!«, weil das schneller ging. »ABC, Essen!« oder »ABC, es ist Zeit, ins Bett zu gehen!«

Und jetzt sollte das ABC wirklich und wahrhaftig in die Schule gehen und das Abc lernen. Andi kam in die Ia, Benni in die Ib, und wohin kam Carlchen? Na klar, in die Ic.

Es zeigte sich, daß das mit den Buchstaben auf den Pullovern eine sehr gute Idee gewesen war. Zuerst für die Lehrer und später auch für Andi, Benni und Carlchen. In der zweiten Klasse spätestens merkte das ABC nämlich, daß man nur die Pullover zu tauschen brauchte, wenn man nicht für den gehalten werden wollte, der man in Wirklichkeit war. Und wer möchte nicht in bestimmten Unterrichtsstunden furchtbar gern jemand anders sein.

Zum Beispiel wäre Benni in Mathe sehr gern Andi gewesen. Andi schrieb eine Eins nach der anderen, als gäbe es gar keine anderen Zensuren. Benni schwebte immer am Rande der Fünf. Einmal war er sogar über diesen Rand in das tiefe Loch einer Sechs gestürzt.

»Vielleicht sollten wir den Jungen noch einmal ins erste Schuljahr zurückstufen lassen, murmel,

murmel, murmel«, machten Mama und Papa im Wohnzimmer. Wenn sie leise »murmel, murmel« machten, wurde die Sache jedesmal ernst.

Da tauschte Andi mit Benni den Pullover. Sie machten es in der Pause vor der nächsten Mathearbeit auf dem Klo. Kai Frisch, der neben Benni saß, hatte es gesehen. Aber er verriet kein Sterbenswörtchen, denn es war klar, daß man von Andi doppelt so gut abschreiben konnte wie von Benni.

Eigentlich war es für Andi gar nicht schwer, so zu tun, als ob er Benni wäre. Er mußte sich nur tief über Bennis Arbeitsheft beugen, die Zahlen so ähnlich wie Benni schreiben – das tat er sowieso – und ein bißchen klecksen und schmieren wie Benni. Er dachte auch daran, extra ein paar Fehler zu machen. Sonst wäre es Herrn Marxen, Bennis Lehrer, zu merkwürdig vorgekommen, wie klug Benni von einem Tag auf den anderen geworden war. Benni war inzwischen in Andis Klasse mit dem A auf seinem Trainingsanzug in der Sportstunde. Und ob nun Andi oder Benni da lief und sprang, das konnte Frau Thode, die sowieso eine dicke Brille trug, nun wirklich nicht unterscheiden.

Herr Marxen sagte am nächsten Tag freundlich

zu Benni: »Na, siehst du, Benni, es geht doch, wenn du dich konzentrierst und fleißig übst. Eine gute Drei!«

Damit waren alle zufrieden: Andi, Herr Marxen, Mama und Papa. Nur Benni war merkwürdigerweise nicht zufrieden. Er wußte selbst nicht recht, warum, wo doch alles so toll geklappt hatte.

Als Papa ihm über den Kopf strich und sagte: »Gut gemacht, mein Junge«, wurde er rot und guckte auf die Erde. Und als Mama abends auf seiner Bettkante saß, hätte er ihr gern alles erzählt, damit das komische Gefühl in seinem Bauch wegging. Aber Mama wäre sicherlich sehr böse oder sehr traurig geworden. Außerdem lag Andi im oberen Bett und hörte zu, und den konnte er ja nicht einfach verraten. So mußte Benni mit seinen Bauchweh einschlafen. Er war froh, als er das Heft mit der Mathearbeit wieder abgeben konnte.

Andi dagegen hatte überhaupt kein bißchen Magenschmerzen. Er war sehr zufrieden mit sich und fand, wenn er es auch nicht laut sagte, daß er ein ganz großartiger Bursche sei. Darum stürzte er sich auch in der nächsten Woche kopfüber in die Geschichte mit Carlchens Geigenunterricht.

Carlchen lernt geigen

Carlchen war in fast allen Dingen etwas ungeschickter als seine Brüder. Er sprach ein bißchen schlechter, und auf der Straße lief er den anderen hinterher. Er war eben der »Kleine«. Nur eines konnte er viel besser als Andi und Benni: Er konnte schön singen und schon im Kindergarten Noten lesen. Und jetzt lernte er leicht und mit Freude das Geigen.

»Ganz wie meine Tante Emma«, sagte Mama stolz.

»Entschuldige, Schatz, nichts gegen Tante Emma«, sagte Papa vorsichtig. »Aber du erinnerst dich, daß ein Cousin meines Vaters Trompeter beim Orchester in Frankfurt war. Glaubst du nicht, daß das Musikalische mehr von meiner Seite ...«

»Nein«, sagte Mama. »Das glaube ich nicht. Du singst wie ein Rabe und kennst keine einzige Note.« Manchmal konnte sie wirklich grausam sein.

Ob er es nun von Mamas Tante oder von Papas

entferntem Onkel hatte – jedenfalls war Carlchen sehr begabt. Das fand auch Frau Hundertmark, seine Geigenlehrerin. Sie war eine sehr große und sehr stark gebaute Frau und sah aus, als ob sie sich morgens rasierte. Am meisten staunte Carlchen über ihre Füße, denn diese Füße waren noch größer als Papas und steckten im Winter wie im Sommer in dicken Wollsocken und Sandalen. Zuerst hatte Carlchen Angst gehabt vor Frau Hundertmark. Papa hatte übrigens auch Angst vor ihr. Carlchen hatte genau gehört, wie er Mama »furchterregend« zuflüsterte, als sie Frau Hundertmark kennenlernten.

Es hatte auch mal einen Herrn Hundertmark gegeben; der war aber eines Tages weggelaufen, einfach so, das hatte Frau Hundertmark Mama erzählt. »Als Hundertmark verschwand mit allem Geld, sah ich mich gezwungen, Geigenunterricht zu geben«, sagte sie grimmig. »Nicht gerade das, wonach man sich als Künstlerin sehnt.«

»Carlchen kommt nur zur Probe«, sagte Mama vorsichtshalber.

Alle waren sehr verwundert, als sich herausstellte, daß Carlchen gern zu Frau Hundertmark ging. Und das kam so: In der allerersten Geigenstunde brummelte Frau Hundertmark nur herum.

Sie riß Carlchen immer wieder den Bogen aus der Hand und steckte ihn wieder richtig hinein. Sie schob die Geige unter seinem Kinn hin und her und zog ihn nicht gerade sanft am Kopf. Dabei murmelte sie ab und zu vor sich hin: »Daß mir Hundertmark das angetan hat. Daß ich das nötig habe!«

Carlchen grübelte indessen über eine wichtige Frage nach. Als Frau Hundertmark zum drittenmal ihren Spruch gemurmelt hatte, nahm er allen Mut zusammen und fragte schüchtern: »Hat er Ihnen denn nicht mal hundert Mark dagelassen?«

Zu seiner Überraschung fing Frau Hundertmark laut an zu lachen. Es war ein tiefes, aber nicht unangenehmes Lachen. Als sie ausgelacht hatte, sagte sie: »Nein, nicht einen einzigen Pfennig. Nur das Geld in seinem Namen. Aber meine Geige hat er Gott sei Dank nicht mitgenommen.«

Dann nahm sie ihre Geige in die Hand und begann zu spielen. Und in diesem Augenblick fing Carlchen an, Frau Hundertmark zu bewundern und sogar gern zu haben. Sie spielte so, daß Carlchen den häßlichen Schulraum mit den leeren Bänken vergaß. Sie spielte so, daß er glaubte, er könnte den ganzen Tag lang zuhören. Sie spielte so, daß er nicht mehr an ihre riesigen Füße und ihren Damenbart dachte. Von da an ging Carlchen gern zum Geigenunterricht, und Andi und Benni konnten nicht begreifen, warum er zu Hause ganz von allein so fleißig übte. Sie wußten ja nicht, daß Carlchen im geheimen beschlossen hatte, eines Tages genauso gut zu spielen wie Frau Hundertmark.

Einmal aber konnte Carlchen nicht zum Geigen gehen. Und er konnte Frau Hundertmark auch keinen Entschuldigungszettel von Mama bringen, weil Mama nicht wissen durfte, daß Carlchen nicht zum Geigen ging. Carlchen hatte immer gleich nach der Schule, in der sechsten Stunde, Geigenunterricht. An diesem verflixten Tag aber mußte er in der letzten Stunde nachsitzen. Er hatte bei dem strengen Herrn Eckert in der Deutschstunde ein paar Papierflieger lossausen lassen, nur so, ganz in Gedanken, denn Carlchen war leider oft in Gedanken. Es war nicht böse gemeint gewesen, aber Herr Eckert war fuchsteufelswild geworden. Und nun sollte Carlchen nachsitzen.

Er hatte schon zweimal in diesem Monat nachsitzen müssen, und Papa hatte gesagt: »Wenn das noch einmal vorkommt, mein Bürschchen, ist für dich der Zirkusbesuch gestrichen.« Sie wollten nämlich in den berühmten Zirkus gehen, der nur zwei Tage in der Stadt zu Gast war. Für Sonntag hatten sie schon Karten. Carlchen ging für sein Leben gern in den Zirkus. Aber wenn er nach Hause ging und sagte: »Ich mußte nachsitzen und brauche eine Entschuldigung für Frau Hundertmark«, dann würden sie ihn nicht mitnehmen. Papa machte leider immer, was er angekündigt hatte.

In der großen Pause stand Carlchen in der Schulhofecke und bohrte mit der Schuhspitze Löcher in den Sand.

»Was ist denn mit dir los?« fragte Andi.

Carlchen erzählte es ihm. Seine Stimme war

leise und traurig, und er bohrte sehr viele Löcher, weil er auf sich selbst wütend war.

»Du Riesenschaf«, sagte Andi. Aber böse war er nicht. Er hatte eher ein bißchen Mitleid mit Carlchen. Er begann, mit der Schuhspitze Carlchens Löcher wieder zuzuwerfen. Dabei konnte man so gut überlegen.

»Weißt du was?« sagte er plötzlich. »Ich gehe für dich zum Geigen.«

»Du?« Carlchen lachte traurig. »Du kennst ja nicht mal die Noten.«

»Ach, das macht nichts.« Andi war ganz begeistert von seiner Idee. »Ich hab das mit der Mathearbeit für Benni so gut hingekriegt, da werd ich das bißchen Geigen auch noch schaffen. Mama denkt, ich bin nach der Schule bei Christine. Da geh ich eben in der sechsten Stunde zum Geigen.«

»Ich weiß nicht«, sagte Carlchen zögernd. »Das merkt Frau Hundertmark gleich.«

»Die merkt nichts!« Andi richtete sich stolz auf. »Kannst dich auf mich verlassen, Kleiner. Wirklich. Denk an den Zirkus.«

An den Zirkus dachte Carlchen ja die ganze Zeit. Sonst wäre er sicher nicht auf Andis Vorschlag eingegangen, denn niemand wußte so gut wie Carlchen, wie schwierig es ist, Geige zu spielen. Aber vielleicht würde Andi es ja wirklich irgendwie schaffen. Andi konnte so vieles. Vielleicht konnte er auch ein bißchen geigen, ohne es gelernt zu haben.

Also zog Carlchen nach der fünften Stunde Andis Pullover an, den er umgedreht hatte, so daß das große A innen war, und ging zu Herrn Marxen nachsitzen. Andi streifte den Pullover mit dem C über, nahm in die eine Hand die Geige und in die andere die Mappe mit dem Notenbuch und marschierte um die Ecke zum Gymnasium, wo der Geigenunterricht stattfand. Er fühlte sich sehr mutig.

Andi lernt auch geigen – beinahe

Im Gymnasium ging Andi erst mal längere Zeit aufs Klo, damit die Stunde etwas kürzer wurde. Er war immer noch mutig. Erst als er vor Frau Hundertmark stand und sie aus ihrer Höhe auf ihn herunterschaute, sank sein Mut etwas.

»Na«, sagte Frau Hundertmark, »dann pack mal deine Geige aus. Mal sehen, ob du gut geübt hast.«

Andi kriegte ein bißchen Bauchweh. Daß sie aber auch gleich anfangen mußte! »Kann ich mal das Fenster öffnen? Es ist etwas heiß hier«, sagte er. Immerhin würde es etwa vier Minuten dauern, bis er das Fenster langsam geöffnet hätte.

»Das Fenster ist offen«, stellte Frau Hundertmark fest. »Also, dann bitte.«

Andi fummelte am Verschluß des Geigenkastens herum. Er drehte den Kasten hin und her und klopfte dagegen. Aber der Verschluß ging nicht auf.

»Es klemmt«, flüsterte Andi und blinzelte zu Frau Hundertmark empor. Auf ihrer Oberlippe wuchs wirklich ein schwacher brauner Bart, genau wie Carlchen gesagt hatte.

Frau Hundertmark drückte ihren großen Zeigefinger auf den Verschluß, und der Kasten sprang auf.

Andi schlug langsam das Tuch auseinander, in das die Geige eingewickelt war, und nahm das Instrument heraus. Dann holte er den Bogen aus dem Kasten und legte die Geige mit dem Bogen auf den Tisch. Die Mappe mit dem Notenbuch ging auch nicht auf. Frau Hundertmark mußte noch einmal mit ihrem Finger den richtigen Punkt am Verschluß drücken, ehe Andi das Notenbuch herausholen konnte. Carlchen hatte einen Zettel hineingelegt bei dem Stück, das er üben sollte. Der Zettel war herausgefallen.

Andis Magen krampfte sich vor Schreck zusammen. Was nun? Er tat so, als müsse er furchtbar husten, beugte sich dabei vor und schielte auf Frau Hundertmarks Notenständer, um zu sehen, welches Stück sie aufgeschlagen hatte. Nr. 156! Er schlug Nr. 156 auf und stellte das Notenbuch auf seinen Ständer. »Adagio in d-Moll. Breit abgesetzter Strich mit ganzem Bogen«, stand da. Ach du lieber Himmel! Was das wohl bedeuten sollte? Andi hüstelte noch einmal.

»Hast du dich erkältet?« fragte Frau Hundertmark.

»Ja«, sagte Andi schnell. »Wir waren nämlich am Wochenende angeln, und da...« Er begann eine lange Geschichte zu erzählen, wie sie an den Fluß fuhren, wie er angelte und wie dann seine Füße...

»Dann mach das Fenster zu«, sagte Frau Hundertmark. Sie unterbrach ihn einfach mitten in der schönen Geschichte, die bestimmt noch zehn Minuten gedauert hätte. Eine richtige Ziege ist das, dachte Andi, als er sehr langsam zum Fenster schlurfte. Er stellte das Fenster erst auf Kippe, dann machte er es wieder ganz auf, dann machte er es endlich zu, weil Frau Hundertmark sich sehr laut und sehr energisch räusperte. Sie wartete auf das Adagio. Andi beugte sich plötzlich vor und klopfte gegen das Fenster.

»Was ist denn nun los?« fragte Frau Hundertmark.

»Da, da...« Ja, was bloß? »Da unten ist meine Mutter!« rief Andi.

Frau Hundertmark ging zum Fenster. »Wo?« fragte sie.

»Da!« Andi zeigte mit dem Finger auf eine Frau, die mit einer Einkaufstasche vorbeiging.

»Deine Mutter ist nicht blond, sondern braunhaarig. Außerdem ist sie einen Kopf größer als die Frau da und halb so dick«, sagte Frau Hundertmark.

»Ach ja, jetzt sehe ich es auch«, stotterte Andi. Er hatte ganz vergessen, daß Frau Hundertmark seine Mutter kannte. »Vielleicht brauche ich eine Brille«, sagte er verlegen.

»Das glaube ich auch«, brummte Frau Hundertmark. »Und nun bitte endlich das Adagio.« Sie sagte nicht A-da-gio, wie es im Buch stand, sondern A-da-dscho, aber Andi fand es klüger, sie nicht zu verbessern. Er schluckte. Langsam nahm er die Geige in die Hand. Sehr langsam nahm er den Bogen in die andere Hand.

»Wie wäre es, wenn du die Geige in die linke Hand nehmen würdest und den Bogen in die rechte?« fragte Frau Hundertmark.

Andi wurde rot. »Oh, Entschuldigung«, murmelte er. Er wechselte die Geige in die linke Hand und griff mit der rechten nach dem Bogen. Dabei guckte er schnell, wie Frau Hundertmark Geige und Bogen hielt, denn sie hatte ihr Instrument auch aus dem Kasten genommen.

»Ich warte«, sagte Frau Hundertmark.

Andi starrte auf die Noten. Auf seiner Stirn bildeten sich Schweißtröpfchen. Warum war er bloß hierhergekommen? Es konnte ihm doch ganz egal sein, ob Carlchen mit zum Zirkus kam oder nicht.

Verzweifelt hob er den Bogen und setzte ihn auf die Saiten, wie er es bei Carlchen gesehen hatte, und dann zog er den Bogen durch. Es gab einen Ton, der so abscheulich war, daß Andi vor Schreck fast die Geige aus der Hand flog. Er wagte gar nicht, zu Frau Hundertmark hinzugucken. Einen Moment lang herrschte völlige Stille.

Plötzlich bohrte sich von oben die Spitze eines Geigenbogens in sein Notenheft und zeigte auf die erste Note. »Welche Note ist das?« rief Frau Hundertmark mit einer Stimme, die nicht sehr freund-

lich klang. Sie klang sogar ausgesprochen unfreundlich.

Alle Noten sahen gleich aus. Lauter kleine schwarze Punkte, wie Fliegenschiß, fand Andi, mit langen Hälsen dran. Der Fliegenschiß, auf den sie zeigte, stand gleich unter der Überschrift »Adagio in d-Moll«.

»Äh... d-Moll?« riet Andi.

»Jawohl, d. Moll ist natürlich Unsinn. Warum spielst du denn nicht d, wenn du es weißt? Noch einmal, bitte.«

Gleich, gleich wird sie schreien. Oder sie wird

mir eine Ohrfeige geben, dachte Andi. Bestimmt tut das weh. Sie hat so große Hände. Er hob zitternd den Bogen.

In diesem Augenblick klopfte es. Gab es denn so etwas, oder träumte Andi? Es klopfte noch einmal, ein bißchen lauter.

»Herein!« rief Frau Hundertmark.

Vor der Tür stand der Hausmeister mit zwei Männern in blauen Arbeitsanzügen.

»'tschuldigung«, sagte der Hausmeister. »Wir müssen mal die Heizung nachsehen. Dauert nicht lange.«

»Hoffentlich doch!« dachte Andi.

Die Arbeiter drehten die Knöpfe an der Heizung ab und stocherten herum und klopften und waren viel zu schnell fertig. »'tschuldigung noch mal«, sagte der Hausmeister, als sie hinausgingen.

In diesem Augenblick hörte man von der Straße her eine Sirene. Andi stürzte zum Fenster. Ein Feuerwehrwagen raste vorbei, sauste um die Straßenecke, und dann war die Sirene still.

»Um die Ecke rum brennt es!« rief Andi. »Wollen wir mal hinlaufen und gucken?«

»Nein«, sagte Frau Hundertmark. »Das wollen wir nicht. Wir wollen jetzt das Adagio in d-Moll hören.«

In seiner Not fing Andi an zu husten. Er hustete, bis er feuerrot war und seine Augen tränten. Wenn er wollte, konnte Andi fabelhaft echt husten.

»Kann... kann ich einen Schluck Wasser trinken?« würgte er hervor.

»Du scheinst dich ja wirklich furchtbar erkältet zu haben«, sagte Frau Hundertmark. »Draußen auf dem Flur ist ein Waschbecken.«

Andi lief auf den Flur und drehte ganz, ganz langsam den Hahn auf und trank ganz, ganz langsam und drehte ganz, ganz langsam den Hahn wieder zu. Wie ein Neunzigjähriger schleppte er sich zu Carlchens Geige zurück.

»Setz dich hin«, sagte Frau Hundertmark.

Andi starrte sie überrascht an.

»Wenn man so erkältet ist, kann man natürlich nicht spielen«, sagte sie. »Ich werde dir etwas vorgeigen.«

Andi wurde es vor Erleichterung warm bis in die Fußspitzen. Er war so froh, daß er gar nicht hörte, was Frau Hundertmark spielte. Vielleicht spielte sie wirklich so schön, wie Carlchen immer sagte, aber das war Andi völlig egal. Von ihm aus konnte sie auf einem Kochtopf trommeln. Wenn er nur nicht vorspielen mußte!

Als es klingelte, hörte Frau Hundertmark mit einem langen Bogenstrich auf. Andi packte in Windeseile die Sachen zusammen. Er gab Frau Hundertmark die Hand, machte vor Erleichterung eine kleine Verbeugung, sagte: »Auf Wiedersehen!« und lief zur Tür, von Stolz geschwellt. Er hatte tatsächlich die alte Hundertmark reingelegt! Er hatte Carlchen gerettet! Er war so stolz, daß er sich fast einbildete, ein bißchen geigen gelernt zu haben.

Da sagte Frau Hundertmarks Stimme hinter ihm: »Ach, warte mal...«

Andi, schon in der Tür, drehte sich um. Frau Hundertmark schrieb etwas in ihr Notizbuch und guckte gar nicht hoch.

»Eh' ich es vergesse«, sagte sie ruhig, »grüß Carlchen von mir. Und er soll Nummer 157 üben.«

Das ABC bekommt Sechslinge

Manchmal las Benni beim Frühstück am Sonntagmorgen aus der Zeitung vor.

»Stich – linge in Stutt – gart geboren«, las er heute.

»Was für Stichlinge?« fragte Carlchen mit vollem Mund.

»Das sind so kleine Fische«, sagte Andi und biß in sein Brötchen. »Das ist doch nichts Besonderes.«

Mama kam vom Kühlschrank herüber. »Zeig mal her.« Sie griff nach der Zeitung.

»Nicht Stichlinge, Sechslinge!« rief sie.

»Ach so, natürlich«, murmelte Benni verlegen.

Carlchen hörte auf zu kauen. »Sechslinge«, sagte er träumerisch. »Das ist toll! Doppelt so viele wie wir, stellt euch das mal vor.«

»Ja«, sagte Andi, »noch mal Sechslinge und wir wären neun Jungen. Dann noch mal Zwillinge, und wir hätten eine ganze Fußballmannschaft.«

Benni starrte auf Mama. Sie hatte einen bestickten Kittel an, der am Bauch weit abstand. Ob sie ... Er beugte sich vor und flüsterte Carlchen etwas ins Ohr. Carlchen starrte auch auf Mamas Bauch. Dann flüsterte er Andi etwas ins Ohr.

Andi sagte vorsichtig: »Du, Mama?«

»Ja?« sagte Mama.

»Kann es sein, daß du noch mal ein Kind bekommst?«

»Ihr drei reicht mir eigentlich«, sagte Mama. »Aber ganz sicher wissen kann man das nicht. Möglich ist alles.«

Das ABC warf sich zufriedene Blicke zu.

»Könnte es nicht sein«, bohrte Andi weiter, »daß du dir Sechslinge wünschst?«

Mama lachte. »Nein, das könnte nicht sein! Oder was würdest du sagen, wenn du Sechslinge bekämest, Klaus?«

Papa ließ den Sportteil der Zeitung sinken. »Was bekomme ich?«

»Was machst du, wenn du Sechslinge bekommst, Papa?« fragte Carlchen.

»Ojemine«, stöhnte Papa. »Sechslinge? Dann wandere ich nach Australien aus. Oder nach Feuerland.«

Mama seufzte. »Und läßt mich hier mit neun Kindern sitzen. Du bist aber gemein.«

»Ganz gemein!« riefen Benni und Carlchen.

»Wo ist Feuerland?« fragte Andi. Aber Papa las schon wieder Zeitung.

Nach dem Frühstück ging das ABC ins Spielzimmer.

»Ich spiele, daß ich Sechslinge habe«, sagte Carlchen.

»Alle bekommst du nicht«, rief Andi. »Höchstens zwei, sonst ist das ungerecht.«

»Na gut, jeder zwei«, stimmte Carlchen zu. »Geht ja auch genau auf, A B C... D... E... meine heißen Dagobert und Emil.«

»D E F G..., meine F... Fritz und... und Gerd«, rief Benni.

»Dann habe ich H... I..., Hans-Heinrich und... äh, Ingo«, sagte Andi.

»Ingo find ich blöd. Nimm lieber Igor«, meinte Carlchen.

Aber Andi fand, Ingo passe genau zu seinem Sechsling. Der war nämlich zart und blond und sah genauso aus, wie Andi sich einen Ingo vorstellte. Hans-Heinrich dagegen war braunhaarig und hatte starke Fäuste.

»Mein Fritz und mein Gerd sehen sich ganz ähnlich«, sagte Benni. »Sie haben schwarze Locken und rote Backen und sehen so niedlich aus, daß alle Leute stehenbleiben.«

»Nee!« rief Carlchen. »Bei meinem Dagobert und meinem Emil bleiben alle stehen. Dagobert hat nämlich ganz langes blondes Haar und lange Beine, und Emil ist etwas dick und hat Sommersprossen und kann geigen.«

»Blöd«, sagte Andi.

»Laß meinen Sechsling in Ruhe!« rief Carlchen empört.

»Schon gut«, sagte Andi. »Dann hat er eben Sommersprossen und kann geigen, der Dickmops. Von mir aus.«

»Jetzt müssen sie was Ordentliches anzuziehen haben«, schlug Benni vor. »Im Keller ist doch noch die große Kiste mit unserem Babyzeug.«

Gut, daß Mama und Papa zum Joggen im Park waren, da konnte man inzwischen in Ruhe in den Keller gehen. Sonst fragten sie immer gleich, was man da wollte. In der Kiste waren wirklich eine ganze Menge Strampelanzüge, immer zwei gleiche. Klar, Mama und Papa hatten ja auch gedacht, daß sie Zwillinge bekommen würden. Benni suchte sich zwei grüne aus, Andi zwei blaue mit roten Punkten und Carlchen zwei buntgeringelte. Auch gehäkelte Babyschuhchen waren genug da. Sie schleppten alles nach oben.

»So«, sagte Andi zufrieden. »Jetzt kriegen sie noch ihre Buchstaben drauf. Damit man sie gleich erkennen kann.«

Er holte ein altes Bettlaken und schrieb in großen Buchstaben D E F G H I darauf. Dann schnitt er die Buchstaben mit einem schönen breiten Rand rundherum aus und legte einen auf jeden Strampelanzug. Prima sah das aus! Carlchen holte Nadel und Faden. Es dauerte sehr lange, bis er den Faden durch das Nadelöhr gefädelt hatte. Und gleich beim ersten Stich piekte er sich in den Finger.

»Au!« schrie er und lutschte den Blutstropfen ab. »Mach du weiter, Benni.«

Bei Benni rutschte der Faden immer wieder aus dem Stoff, wenn er ihn festzog.

»Man muß ja auch einen Knoten am Ende machen«, sagte Andi. »Aber das dauert sowieso alles viel zu lange. Wir holen Klebstoff und kleben die Buchstaben fest!«

»Ob Mama das gut findet?« fragte Benni vorsichtig.

»Na klar findet sie das gut«, sagte Andi. »Dann hat sie keine Arbeit mehr, wenn sie wirklich mal Sechslinge bekommt. Papa hat eine Flasche mit Alleskleber. Der klebt alles und hält super, steht drauf.«

Der Alleskleber war wirklich gut. Die Buchstaben klebten sauber und gerade auf den Strampelanzügen. Carlchen hatte aus Versehen ein Anzugbein am Tisch festgeklebt und konnte es nur mit Mühe wieder losreißen, weil der Kleber so gut hielt. Die Füße der Strampelanzüge steckten sie in die kleinen Schuhe. Das sah richtig niedlich aus.

»Jetzt die Köpfe«, sagte Andi. Aus der Bastelschublade holte er Pappe, Scheren und Stifte. Carlchen wollte Emil unbedingt einen Kopf aus gelber Pappe machen. Benni und Andi redeten ihm das mit Mühe aus. Schließlich konnte bei weißen Sechslingen nicht plötzlich ein einziger ein Chinese sein.

»Dann machen wir eben sechs Chinesen«, sagte Carlchen. »Ich finde Chinesenbabys süß.«

»Du spinnst«, sagte Benni. »Guck mal in den Spiegel. Bist du etwa gelb? Na also. Und das sind doch unsere kleinen Brüder. Also müssen sie aussehen wie wir.«

Eigentlich fand Carlchen das auch. Aber schade war es doch, daß Emil kein Chinese sein sollte. So schnitten sie sechs ganz kleine Köpfe aus weißer Pappe mit langen Hälsen dran, die man von oben in die Strampelanzüge stecken konnte. Andi malte jedem ein Gesicht, so ungefähr, wie er selber und Benni und Carlchen eins hatten, mit großen blauen Augen, einer Stupsnase und einem breiten Lachmund. Benni holte bunte Fäden aus dem Wollkorb, und dann bekam jeder der Sechslinge noch einen kleinen Haarschopf angeklebt, jeder in einer anderen Farbe.

»So schöne Sechslinge habe ich noch nie gesehen«, meinte Benni stolz.

»Jetzt brauchen sie Brei«, sagte Carlchen. »Grießbrei. Das mögen Babys besonders gern. Wenn sie ihn nicht wollen, können wir ihn ja selber essen. Mit Himbeersoße. Ist noch im Kühlschrank.«

»O ja!« Benni und Andi stürzten schon in die Küche.

Auf der Grießpackung stand: *$1/2$ Liter Milch zum Kochen bringen, dann drei Eßlöffel Grieß hineinstreuen.* Andi nahm einen ganzen Liter, weil es ja für Sechslinge und vielleicht noch für Drillinge reichen mußte. Es dauerte lange, bis die Milch kochte. Aber als sie dann endlich kochte, hörte sie nicht wieder auf damit. Sie kochte mit großen Blasen über den Rand und ergoß sich über die Kochplatten. Andi stellte schnell den Herd aus, aber die Milch begriff das nicht. Sie stieg im-

mer weiter über den Topfrand. Es roch scheußlich angebrannt. Endlich hörte die Milch mit dem Blödsinn auf. Es war aber nicht mehr viel im Topf. Deshalb streute Andi um so mehr Grieß hinein. Benni rührte kräftig, aber bald steckte sein Löffel fest. Im Topf war jetzt ein dicker Kloß, der beinahe so hart wie Beton war.

»Schnell, Eier!« rief Andi.

Carlchen holte ein paar Eier aus dem Kühlschrank. Er schlug sie in den Brei. Ein bißchen ging leider daneben, aber darum konnte er sich jetzt nicht kümmern. Die Eier blieben auf dem Betonklotz liegen. Carlchen goß noch kalte Milch darauf, aber die Milch vermischte sich auch nicht mit dem Kloß.

»Vielleicht sollten wir mixen«, schlug Benni vor. Er holte den Mixer mit den Rührstäben und schaltete ihn ein. Eigentlich durfte das ABC keine elektrischen Geräte benutzen, wenn Mama oder Papa nicht da waren, aber jetzt war keine Zeit, daran zu denken. Der Mixer arbeitete wie wild, um ein Loch in den Kloß zu bohren. Endlich schaffte er es, die Eier und die Milch ein bißchen mit dem Kloß zu vermischen. Dann roch er plötzlich verbrannt, machte »Klack« und hörte auf, sich zu rühren.

»Der schafft nicht mal einen Grießbrei«, sagte Benni verächtlich.

Andi kratzte die Masse aus dem Topf, so gut es ging, und löffelte sie in eine Schüssel. Der Brei sah bräunlich und sehr klumpig aus und roch nicht gut. Gar nicht wie Grießbrei.

Carlchen hatte die Sechslinge nebeneinander auf die Küchenbank gelegt. Sitzen konnten sie ja nicht. Er hatte sechs tiefe Teller und sechs Eierlöffel aufgedeckt. Auch das Fläschchen Himbeersoße hatte er aus dem Kühlschrank geholt.

Benni brachte noch sechs Papierservietten. »Babys kleckern immer so«, sagte er.

Andi füllte etwas Brei in jeden Teller. Carlchen goß die Himbeersoße darüber.

»He, du hast deinen Sechslingen am meisten gegeben!« rief Benni.

»Dagobert und Emil mögen am liebsten Himbeersoße«, sagte Carlchen. »Den abscheulichen Brei wollen sie nicht. Davon werden sie krank. Und Emil soll morgen vorgeigen. Darum kriegt er noch mehr Soße.«

Er kippte einen ordentlichen Schwung Soße auf den einen Teller. Das gefiel Andi und Benni nun gar nicht.

»Dein Emil ist sowieso schon so fett und mein

Ingo so dünn!« Voller Empörung riß Andi Carlchen die Flasche aus der Hand. Leider rutschte sie ihm durch die Finger und zerbrach mit einem Knall auf dem Fußboden. Ein herrlicher Himbeerduft vermischte sich mit dem Geruch der verbrannten Milch und des angesengten Grießkloßes.

Carlchen wurde eigentlich nicht so leicht wütend. Aber seinen Emil ließ er nicht beleidigen! Er stürzte sich auf Andi. Benni wollte Andi helfen, aber er rutschte in der Himbeersoße aus. Er konnte sich gerade noch am Tisch festhalten. Dabei riß er zwei Grießbreiteller, die an der Tischkante standen, in die Tiefe. Die Küche sah abenteuerlich aus, als Mama und Papa von ihrem Waldlauf zurückkamen.

»Was ist denn hier los?« brüllte Papa.

Carlchen begann zu weinen. »Die ganze Zeit meckert Andi mit meinem Emil rum und will alles nur für Ingo und Hans-Heinrich. Und jetzt haut er mich auch noch!«

»Ich verstehe kein Wort«, stöhnte Mama.

»Du weißt ja auch nicht, daß wir jetzt neun Kinder sind«, sagte Benni. »Freust du dich ein bißchen?«

Mamas Blick wanderte über die Himbeer-

Grieß-Scherben-Schmiere zu ihren Füßen, über die braun verbrannten Herdplatten, über die Sechslinge auf ihrer Bank, bis er endlich bei Papa landete. »Ich komme mit nach Feuerland«, sagte sie.

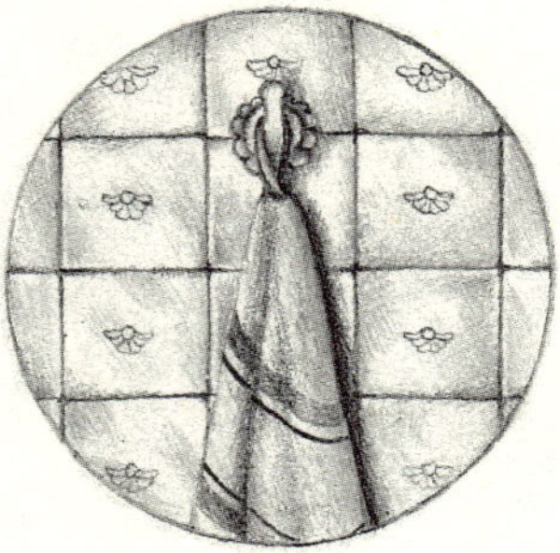

Mama schneidet Fratzen

Herr Schlippenkötter erschien an einem Dienstag. Das war einer von den Tagen, an denen das ABC mittags sehr spät nach Hause kam. Dienstags hatte das gesamte ABC nach der fünften Stunde frei, und wenn man so zusammen ging, kam man immer nur sehr langsam voran. Außerdem war auch noch Christine dabei, und dann blieb man noch öfter stehen.

Christine ging in Carlchens Klasse, und sie war die beste Freundin von Andi, Benni und Carlchen. Sie wohnte im Nachbarhaus, und sie spielten zusammen, seit sie ein Jahr alt waren. Sie waren gemeinsam in den Kindergarten gegangen, hatten gemeinsam Windpocken und Keuchhusten gehabt, hatten sich geprügelt und wieder vertragen, hatten gemeinsam Erdbeeren geklaut und Klingelstreiche gemacht, und sie waren immer noch ein Herz und eine Seele. Mit Christine war es niemals langweilig. Auf diesem Nachhauseweg zum Beispiel hatten sie zwölf Schneckenhäuser gesammelt, ein Eichhörnchen durch den Park verfolgt, acht Hunde gestreichelt, waren auf drei Bäume geklettert und jeder fünfmal über einen Graben gesprungen. Als sie endlich in ihre Straße einbogen, hatten sie statt fünfzehn Minuten fast eine Stunde gebraucht.

An der Straßenecke blieb Christine wie angewurzelt stehen. »Mannomann!« rief sie. »Guckt mal, was bei euch vorm Haus steht!«

Das ABC guckte, und vor Überraschung blieb ihm glatt die Spucke weg. Ihre Straße, die Ringelstraße, war eine ganz normale Straße, in der ganz normale Leute wohnten, die angezogen waren wie alle anderen und Autos fuhren wie alle anderen. Einen so wahnsinnig schicken, lilaglänzenden, superflachen Sportrenner, wie er jetzt vor dem ABC-Haus stand, hatte diese Straße wohl noch nie gesehen.

Das ABC mit Christine raste die Straße hinunter. Sie fuhren mit den Fingern die Chromleisten des Wagens entlang und patschten vorsichtig mit den Händen auf das flache Verdeck.

Da hörten sie Mamas Stimme: »Wo bleibt ihr denn bloß! Nun kommt schnell, wir haben Besuch!«

Mama hatte die Tür weit aufgerissen. Sie sah ziemlich aufgeregt aus. Das ABC mit Christine flitzte zur Haustür. Doch Mama sagte: »Tut mir leid, Christine, aber du mußt später wiederkommen, jetzt paßt es nicht. Und halt! Wie seht ihr denn aus?« Sie klopfte Carlchen den Schmutz von der Hose, sammelte Benni die Blätter aus dem Haar, machte Andi die Schnürsenkel zu und fuhr allen noch schnell mit der Haarbürste über die Köpfe. Dann ging sie voran zum Wohnzimmer. »Benehmt euch!« zischte sie leise.

Im Wohnzimmer saßen ein Mann, der einen langen Mantel und eine runde lila Brille trug, und eine junge Frau mit einem weißen Igelhaarschnitt, die einen großen Fotoapparat auf dem Schoß hielt.

»Na, da sind ja die Burschen endlich«, sagte der lila Brillenmann und musterte das ABC von Kopf bis Fuß. »Nicht schlecht, wirklich, nicht schlecht. Und tatsächlich unwahrscheinlich ähnlich!« Er gab Andi und Benni und Carlchen die Hand, das heißt, eigentlich nur die Fingerspitzen. »Schlippenkötter«, sagte er.

»Angenehm«, entgegnete Andi vornehm und verbeugte sich. Das hatte er mal im Film gesehen, und er fand, hier paßte es. Es war ihm wirklich sehr angenehm, jemanden kennenzulernen, dem solch ein toller Schlitten gehörte. Auch vor der

Igelfrau verbeugte er sich, und Benni und Carlchen machten es genauso. Wenn sie verlegen waren, machten die beiden immer nach, was Andi vormachte.

Die Igelfrau sprang aus ihrem Sessel hoch und setzte den Fotoapparat auf ein Stativ, das neben dem Sofa stand. Sie richtete das Licht eines großen Scheinwerfers auf das verblüfft dastehende ABC. »Lächeln«, rief sie. »Lächeln!«

Aber das ABC drängte sich dicht zusammen und glotzte bloß.

»Macht mal ein freundliches Gesicht«, sagte Mama.

Aber das ABC machte nur drei dumme Gesichter.

»Wenn Sie vielleicht etwas Schokolade hätten«, wandte der Brillenmann sich an Mama.

»Schokolade gibt es bei uns nicht«, antwortete Mama. »Wir leben ganz ohne Zucker und süßen nur mit Honig.«

»Dann geben Sie ihnen eben Honig«, rief Herr Schlippenkötter. »Hauptsache, sie lachen mal. Wir haben es sehr eilig!«

»Lacht doch mal«, sagte Mama.

Das ABC zog die Mundwinkel nach oben, aber Lachen war das nicht.

Mama stellte sich hinter die Fotografin. »Guckt mal her, Kinder«, sagte sie. Dann zog sie ihre abscheulichste Fratze. Mama konnte die besten Fratzen der Welt schneiden. Als Kind wollte sie Fratzenvorführerin im Zirkus werden und hatte vor dem Spiegel die schwierigsten Fratzen eingeübt. Das mit dem Zirkus hatte nicht geklappt, aber Fratzenschneiden konnte sie immer noch. Sie machte es nur sehr selten, weil sie Angst hatte, davon Falten zu bekommen. Aber nun ging's los!

Sie zog den Mund so schief, daß er auf der einen Seite gar nicht mehr da war und auf der anderen fast das Ohr berührte. Dazu schielte sie greulich und wackelte mit den Ohren.

Andi lachte als erster. Wenn Mama diese Fratze machte, mußte er lachen, ob er wollte oder nicht. Als Andi lachte, fing auch Carlchen an zu kichern, und schließlich konnte auch Benni nicht länger ernst bleiben.

»Klick«, machte die Kamera, »klick«, und ein paarmal blitzte es. Dann sagte die Igelfrau: »Na prima, Chef, nicht?« und baute das Stativ zusammen.

Der Mann mit der lila Brille antwortete nicht. Er starrte mit offenem Mund auf Mama, die wieder ganz normal aussah. Höchstens, daß ihr Mund

noch ein klein bißchen schief war. »Sie hätten mal nach hinten knipsen sollen«, sagte er endlich.

Mama wurde rot und guckte angestrengt aus dem Fenster.

Herr Schlippenkötter stand auf. »Sie hören von uns«, sagte er zu Mama. Dann ging er mit der Fotografin eilig zur Tür hinaus, und sie flitzten mit dem Sportwagen davon, viel schneller, als es erlaubt war. Das ABC guckte staunend hinterher.

»Wer war denn das, Mama?« fragte Carlchen.

Sie zog ein Kärtchen aus der Hosentasche. »John C. Schlippenkötter. Werbeagentur. Eigenes Foto- und Filmstudio. Hamburg, Große Bleichen«, las sie vor. »Ich weiß gar nicht, woher die unsere Adresse haben.«

»Was wollen die denn von uns?« wunderte sich Benni.

»Sie wollen«, sagte Mama, »daß ihr Werbung macht für Müsli. Sie wollen euch filmen, wenn ihr das Müsli eßt und strahlt, weil es so gut schmeckt.«

»Dazu hab ich keine Lust«, erklärte Andi. »Papa und du, ihr findet Werbung blöd und macht immer aus, wenn das Werbefernsehen anfängt. Und Papa sagt, die wollen uns nur das Geld aus der Tasche ziehen.«

Mama nickte. »Ja, Andi, da hast du recht. Aber es ist so, daß es viel Geld gibt für die Werbeaufnahmen. Wenn sie eine Fernsehwerbung mit euch machen, sogar sehr viel Geld. Und wir brauchen das Geld im Augenblick so dringend, weil wir doch unser Haus abbezahlen müssen.«

Dasselbe sagte sie auch zu Papa, als er nachmittags von der Arbeit nach Hause kam. Papa wollte zuerst überhaupt nichts von der ganzen Geschichte wissen. Aber als das ABC im Bett lag, hörten sie, wie Papa im Wohnzimmer herumbrummelte, und sie hörten Mamas Stimme, die schnell auf ihn einsprach.

Andi schlich hinunter und lauschte an der Tür. »Man kann nichts verstehen, sie murmeln mal wieder so«, sagte er, als er zurückkam. »Aber es hört sich so an, als ob sie ihn fast überredet hätte.«

Und das hatte sie wirklich. Am nächsten Morgen beim Frühstück druckste Papa lange herum, ehe er endlich fragte, ob sein liebes ABC ihm und Mama nicht den kleinen Gefallen tun und nur dies eine Mal Müsli essen und dazu in die Kamera lachen würde. »Ihr glaubt nicht, wie schwer es mir fällt, euch zu fragen«, seufzte Papa. »Wo ich doch von dem ganzen Kram überhaupt nichts halte. Wenn wir nur das verdammte Geld nicht gerade jetzt so dringend brauchten! Nächstes Jahr werde ich ja vielleicht endlich Postoberinspektor. Und wenn ihr ein bißchen älter seid, könnte Mama wieder halbtags im Kindergarten arbeiten. Aber im Moment sieht's eben knapp aus ... Das heißt, wir schaffen es auch so. Aber es würde natürlich vieles leichter machen, wenn ihr ...«

»Geht schon klar«, sagte Benni großzügig. Das ABC hatte sich nämlich inzwischen mit dem Gedanken abgefunden, daß seine Gesichter vielleicht aus Zeitschriften heraus- oder von Plakatwänden herablächeln würden. Es hatte sich inzwischen sogar schon mit diesem Gedanken angefreundet. Nur Carlchen noch nicht so ganz.

»Ich mag überhaupt kein Müsli«, maulte Carlchen.

»Dann tust du eben nur so, als ob du ißt«, sagte Mama. »Und vielleicht schmeckt es ja wirklich ganz, ganz toll. Außerdem wissen wir gar nicht, ob ihr überhaupt genommen werdet.«

Aber einige Tage später rief John C. Schlippenkötter an und sagte, die Probeaufnahmen seien ausgezeichnet ausgefallen und er wolle mit dem ABC einen kleinen Werbefernsehfilm drehen. »Werbespot«, sagte er. Und dann schickte er einen lila Zettel, auf dem stand, was das ABC sagen sollte.

Andi sollte sagen: »Mm, Meiers Mittags-Müsli mag man!«

Benni sollte sagen: »Das beste Müsli der Welt!«

Und Carlchen sollte sagen: »Und wie das schmeckt! So richtig nach mehr Meiers Mittags-Müsli!«

Christine übte es mit ihnen ein. Sie hielt den lila Zettel in der Hand und guckte, ob sie alles richtig machten.

Benni hatte es mit seinem Satz am leichtesten, da waren nicht so viele M drin.

»Dafür wirst du auch nicht so berühmt wie Andi und ich!« sagte Carlchen.

»Berühmt... Moment mal!« Christine warf den Zettel auf die Erde und rannte nach Hause. Nach wenigen Minuten war sie zurück und schwenkte ihr Autogrammbuch.

Christine hatte ein ganz besonderes Autogrammbuch. Es standen nämlich nur die Unterschriften von Leuten darin, die im Augenblick noch nicht berühmt waren, von denen Christine aber fest glaubte, daß sie es mal werden würden. »Wenn die wirklich berühmt sind, wollen alle ihre Unterschrift haben«, erklärte sie. »Und dann geben sie sie nicht mehr oder nur gegen Geld. Aber ich hab dann alle schon lange in meinem Album.«

Sie hatte zum Beispiel die Unterschrift ihrer Cousine, die gern Opernsängerin werden wollte, aber im Moment noch Banklehrling war; die Unterschrift des Schauspielers, der den siebenten Zwerg im Weihnachtsmärchen gespielt hatte; der zwei Ersatzspieler des Drüttenstedter Fußballvereins, die der Trainer niemals aufstellte; und ganz vorne auf der ersten Seite das Autogramm ihrer Oma, die einmal tausend Mark im Lotto gewonnen hatte. Und nun durfte das ABC sich in das Album eintragen.

»Nicht klecksen«, sagte Christine.

Carlchen und Benni schrieben ihre Namen, so schön sie konnten, genau untereinander. Andi übte lange auf einem Zettel. Dann nahm er eine Seite ganz für sich allein und setzte einen gewaltigen Schnörkel darauf, den keiner entziffern konnte.

»Wahnsinn«, sagte Christine beeindruckt. Zu Hause schrieb sie ganz klein unten in die Ecke »Andi«, damit sie später, wenn Andi weltberühmt sein würde, auch noch wüßte, was der Schnörkel bedeuten sollte.

Herr Schlippenkötter rief wieder an und bestellte das ABC für den nächsten Montag um elf Uhr zu den Aufnahmen ins Studio. Das gab schulfrei, und schon dafür hätte das ABC jedes Müsli der Welt gegessen. Mama hatte eine dicke Backe und mußte zum Zahnarzt, deswegen nahm Papa sich frei und fuhr mit dem ABC in die Stadt.

Das ABC ißt Müsli

Kurz vor elf standen das ABC und Papa vor dem Hochhaus, in dem sich die Werbeagentur Schlippenkötter befand. Ganz nach oben mußten sie mit dem Fahrstuhl fahren. Das kitzelte ordentlich im Bauch und rauschte in den Ohren.

Die Fotografin mit der Igelfrisur machte die Tür auf. »Hallo«, sagte sie, »da seid ihr ja! Frau Andersen wird euch erst mal ein bißchen schönmachen.«

Carlchen wurde mulmig zumute. Schönmachen, das hieß immer, daß man sich die Hände zu waschen und das Haar zu kämmen hatte, daß man eine saubere Hose und ein neues Sweatshirt anziehen mußte und sich kaum bewegen durfte, damit bloß alles ordentlich blieb.

Aber es kam noch viel, viel schlimmer. Zwar war Frau Andersen eine rundliche ältere Frau, die ganz harmlos aussah. Aber schon das Zimmer, in dem sie arbeitete, schien dem ABC sehr verdächtig. Die eine Wand bestand nur aus Spiegeln, vor denen ein langer Tisch angebracht war. Auf diesem Tisch standen unzählige Stifte, Spraydosen, Töpfchen und Näpfchen, lagen Lockenwickler, Bürsten, Kämme und Haarspangen, breite Pinsel und Wattebäusche. Frau Andersen drückte das ABC in die Stühle, die vor dem langen Tisch standen. Als ersten griff sie sich Benni. Ehe er sich wehren konnte, hatte sie sein Haar mit einem Haarreifen aus dem Gesicht genommen. Mit so einem, wie Mädchen ihn tragen. Dann begann sie, bräunliche Salbe über sein Gesicht zu schmieren.

»Das ist die Make-up-Grundierung, damit siehst du'n bißchen frischer aus«, erklärte sie. »Nun mach mal bitte die Augen zu.«

Es war gut, daß Benni die Augen zuhatte, denn sonst hätte er gesehen, wie Andi und Carlchen grinsten. Frau Andersen schminkte seine Augenlider hellblau. Unter den Brauen trug sie silberweißen Lidschatten auf. Mit einer ganz kleinen Bürste bearbeitete sie seine Wimpern, bis sie lang und schwarzseiden glänzten. Auf seinen Wangen verrieb sie rote Creme. Dann nahm sie eine große Puderquaste und stäubte Bennis Gesicht mit rosa Puder ein. Mit einem dunkelrosa Lippenstift wurden seine Lippen nachgezogen. Jetzt sah Benni fast aus wie Mama, wenn sie mit Papa zum Tanzen ging. Nur war er viel bunter angemalt. Benni starrte angeekelt in den Spiegel.

»So«, sagte Frau Andersen freundlich, »nun wollen wir mal sehen, mein Junge, was wir mit deinem Haar machen.«

Sie nahm den Haarreifen ab. In diesem Augenblick steckte die Igelfrau den Kopf zur Tür herein.

»Niedlich«, flötete sie. »Und das Haar vielleicht ein bißchen lockig, Frau Andersen.«

Frau Andersen nickte und sprühte Bennis Haar mit einer Flüssigkeit ein. Und dann drehte sie es auf dicke hellblaue Lockenwickler. Andi und Carlchen und auch Papa quietschten vor Vergnügen. Benni stiegen Tränen der Verzweiflung in die

Augen. Wenn ihn seine Fußballmannschaft so sehen würde!

Frau Andersen tätschelte begütigend seine Hand. »Laß man, mein Junge, jetzt sind die anderen an der Reihe.«

»Muß denn das sein, daß die Jungen wie Puppen aussehen?« fragte Papa.

»Ja, das muß sein«, sagte Frau Andersen energisch. »Was meinen Sie, was die Scheinwerfer für Farbe schlucken! Ohne Schminke würden Ihre Jungs wie die reinsten Leichen aussehen. Und mit den Locken sind sie ganz süß!«

»Ich will aber nicht süß aussehen!« wollte Andi rufen, aber Frau Andersen bearbeitete seinen Mund gerade mit dem Lippenstift, so daß nur ein Gurgeln herauskam.

Zum Schluß wurde Carlchen verschönt. Nach fast einer Stunde saß das gesamte ABC mit rosa Bäckchen und roten Mündchen unter den hellblauen Lockenwicklern da und starrte trostlos in den Spiegel. Papa, ja, der hatte es gut, der sah normal aus, und dabei grinste er noch so gemein.

»Nun mal'n bißchen lächeln, Kinderchen«, sagte Frau Andersen aufmunternd. »Wird ja nachher alles abgewaschen.«

Aber ihr Trost war vergeblich, denn als sie nun

die Lockenwickler abnahm, hatte das ABC weiche, hohe, kräuselnde Locken auf den Köpfen. Damit konnte man doch morgen nicht in die Schule gehen!

»Fällt von selbst wieder zusammen«, tröstete Frau Andersen und gab zum Schluß noch eine Ladung rosenduftenden Haarsprays über jede Frisur. Jetzt glänzten die Locken golden.

»Niedlich, nicht?« sagte Frau Andersen zu Papa.

»Sehr niedlich«, sagte Papa und grinste wieder. Wie gemein er war!

»So«, sagte Frau Andersen, »nun bring ich euch zum Atelier.«

Der Chef war schon da. Heute hatte er eine froschgrüne Brille auf. »Na, da kommen ja die jungen Herren.« Er reichte Andi, Benni und Carlchen seine Fingerspitzen.

»Die jungen Fräuleins, meinen Sie«, sagte Papa.

Carlchen beschloß, Papa dieses Jahr nichts zu Weihnachten zu schenken.

Das ABC mußte sich jetzt auf die drei Gartenstühle setzen, die an einem weißen altmodischen Gartentisch in einer Ecke des Ateliers standen. Neben dem Tisch wuchs ein ganz echt aussehender Apfelbaum empor, der einen seiner Zweige, voll mit roten Äpfeln, über den Tisch breitete. Zwischen den Zweigen hingen kleine Mikrophone, über jedem Stuhl eins. An der Wand hinter dem Tisch war ein riesiges gelbes Kornfeld abgebildet. Auf dem Tisch standen drei tiefe Teller mit drei Löffeln, eine Schale mit Nüssen, Weintrauben und Äpfeln, ein Krug mit Milch, ein Strauß aus Getreideähren und in der Mitte eine Schachtel, auf der in großen Buchstaben MEIERS MITTAGS-MÜSLI stand. In jedem Teller lag etwas Müsli.

»Könnt ihr auch euren Text?« fragte Herr Schlippenkötter. »Schießt mal los!«

»Mm, Meiers Mittags-Müsli mag man«, murmelte Andi.

»Das beste Müsli der Welt«, leierte Benni.

»Und wie das schmeckt. So richtig nach mehr Meiers Mittags-Müsli«, knurrte Carlchen.

»Also hört mal! Das müßt ihr doch ganz anders sagen«, rief Herr Schlippenkötter. »So: Mmmh, Meiiiers Miiittags-Müüüsli! So richtig begeistert muß sich das anhören.« Er ließ seine Stimme auf- und abschwellen und schmatzte fast beim Sprechen, als ob er das allerleckerste Tortenstück vor sich hätte.

»Wir machen mal ’ne Probeaufnahme«, sagte die Igelfrau. »Ohne Ton.«

Ein junger Mann mit langen blonden Haaren schaltete drei Scheinwerfer an. Ihr Licht war so grell, daß das ABC zuerst die Augen zukneifen mußte. Aber allmählich gewöhnte man sich daran. Die Fotografin schob Andis Stuhl weiter nach links, bat Carlchen, sich zurückzulehnen, rückte hin und her, bis sie zufrieden war.

»So, und jetzt eßt mal ein bißchen und lächelt. Denkt an was Schönes!« rief sie und sauste hinter ihre Kamera. Es war nicht der Fotoapparat, den sie damals mitgehabt hatte, sondern eine richtige große Filmkamera auf Rollen.

»Ich mag kein Müsli«, maulte Carlchen.

»Das ist doch ganz egal«, sagte Herr Schlippenkötter streng. »Es soll ja nur so aussehen, als ob du es magst.«

»Und lächeln, lächeln!« rief die Igelfrau.

»Denkt an eure Mutter, wenn sie Fratzen schneidet«, flüsterte Herr Schlippenkötter.

Papa sah ihn erstaunt an. Carlchen mußte wirklich daran denken, wie komisch Mama aussehen konnte, und begann zu lächeln. Andi lächelte, und Benni lächelte auch. Aber das war gleich vorbei.

»Und essen!« rief Herr Schlippenkötter.

Carlchen nahm sich lieber einen Apfel und biß hinein. Aber der Apfel war gar kein richtiger Apfel. Er war aus Plastik. »Ist das Müsli auch aus Plastik?« fragte er.

»Natürlich nicht«, sagte Herr Schlippenkötter ärgerlich. »Es ist ganz echt und schmeckt ausgezeichnet.«

Das ABC tat so, als ob es Müsli äße, und lächelte ein bißchen dabei.

»Mehr lächeln!« rief Herr Schlippenkötter. Er begann einen Witz zu erzählen, der von einer ostfriesischen Braut handelte. Aber das ABC verstand überhaupt nichts und guckte dumm.

»Lachen!« rief die Igelfrau verzweifelt. Sie filmte unentwegt und ließ die Kamera hin und her rollen. »Können Sie die Kinder nicht mal zum Lachen bringen?« sagte sie zu Papa.

Papa stöhnte. »Bitte, bitte, liebes ABC, könnt ihr nicht ein paar Minuten freundlich lächeln?« flehte er.

Eigentlich war das ABC ja böse mit Papa, aber wenn er so verzweifelt war . . . Also führten sie die Löffel zum Mund und lächelten und sagten sogar probeweise ihre Sätze, ohne sich zu versprechen. Die Igelfrau ließ die Kamera surren. Zwischendurch tupfte Frau Andersen ihnen die Schweißtropfen ab und puderte ihre Nasen, denn die Jungen schwitzten im Scheinwerferlicht. Sie gaben sich wirklich Mühe. Aber es kommt wenig dabei heraus, wenn man lachen soll und nichts lustig ist, wenn man Müsli essen soll und hat keinen Appetit darauf, und wenn man etwas daherreden soll, was man blödsinnig findet – und das auch noch zwanzigmal hintereinander. Je öfter das ABC seine Sprüche aufsagte, desto langweiliger hörten sie sich an. Das fand auch Herr Schlippenkötter.

»Wir arbeiten jetzt seit fast einer Stunde, und es ist noch nichts dabei herausgekommen«, sagte er verärgert. »Um zwei Uhr erwarte ich Anna Canoni, die Opernsängerin. Mit der drehen wir was über ein Gurgelmittel. Die Canoni darf ich keine Minute warten lassen. Und vorher will ich auch noch etwas essen!«

»Essen Sie doch das Müsli«, schlug Andi vor.

Herr Schlippenkötter färbte sich fast orange. Das sah zu seiner froschgrünen Brille merkwürdig aus.

»Es liegt daran, daß das Ganze unecht wirkt«, sagte die Igelfrau. »Die Kinder müssen das Müsli essen und nicht bloß so tun als ob.«

»Jawohl, jawohl, das ist es!« rief Herr Schlippenkötter. »Also, los, jetzt eßt ihr das Müsli wirklich und bremst die Löffel nicht immer vor dem Mund ab, als ob wer weiß was Scheußliches drauf wäre.«

»Bitte, liebes ABC«, sagte Papa schnell. »Nur ein bißchen Müsli essen, ja? Ein kleines bißchen. Ich lade euch nachher zu Pommes ein. Und Bratwurst gibt's auch.«

Der junge Mann schaltete wieder die Scheinwerfer ein. Die Kamera lief und rollte hin und her. Andi, Benni und Carlchen führten die Löffel zum Mund und lächelten. Sie dachten an die Pommes mit Bratwurst.

»Toll«, rief Herr Schlippenkötter.

Im nächsten Augenblick prustete das gesamte ABC das Müsli über den Tisch. Nicht nur Carlchen spuckte, auch Andi und Benni, die doch eigentlich Müsli mochten, spuckten und würgten.

Die Igelhaarige sprang vor Schreck hinter der Kamera hervor.

»Das schmeckt so eklig«, keuchte Benni.

»Scheußlich«, ächzte Andi.

Der junge Mann stürzte herbei. »Es ist sicher zu trocken!« rief er. Er nahm den Krug, um Milch auf die Teller zu gießen. Aber die Milch rührte sich nicht. Sie war aus Plastik. Der junge Mann hatte es vergessen.

»Anstellerei!« schimpfte Herr Schlippenkötter. »Reine Anstellerei!« Die froschgrüne Brille hatte er in die Stirn geschoben. »Verwöhnte Bengels! Noch nie Müsli gegessen, was? Jeden Tag Schnitzel und Hähnchen, was? Ich bin mit Müsli groß geworden! Müsli schmeckt *immer!*« Er griff in Carlchens Teller, nahm mit Daumen und Zeigefinger eine Probe Müsli heraus und schob sie in den Mund. Im nächsten Augenblick hustete er, daß ihm die Brille von der Stirn flog. Der junge Mann konnte sie gerade noch auffangen. Herr Schlippenkötter sah aus, als hätte er eine Kröte im Mund.

»Also wirklich ... Das schmeckt ja widerlich«, stöhnte er und sah den jungen Mann streng an, als ob dem die Müslifabrik gehörte.

»Vielleicht hat es etwas lange gestanden ... Ich

habe die Teller schon am Freitag gefüllt«, stammelte der junge Mann mit roten Ohren. »Die Pakkung ist auch schon sehr lange offen. Ich dachte ... ich wollte ...«

Herr Schlippenkötter riß dem jungen Mann die Brille aus der Hand und setzte sie wieder auf. Dann spülte er das Müsli mit einem Schluck Cola hinunter.

»Soo schlecht – ähem – schmeckt es nun auch wieder nicht«, sagte er und warf dem ABC einen warnenden Blick zu. »Vielleicht etwas, nun ja, ähem, streng. Aber immerhin wird Meiers Müsli gut verkauft. Sehr gut sogar. Und manche Leute essen es wirklich zu Mittag. Also könnt ihr es wohl einmal in eure verwöhnten Schnäbel schieben.« Er sah auf die Uhr. »Mein Gott, nur noch zwanzig Minuten, dann kommt die Canoni.« Wütend sah er Papa an. »Und ich plage mich hier seit Stunden mit ihren dämlichen Bälgern ab!«

Papa hatte schon lange nichts mehr gesagt. Aber seine Stirnader klopfte. Das ABC wußte aus Erfahrung, daß das nichts Gutes bedeutete. Jetzt richtete Papa sich auf, öffnete den Mund und brüllte: »Meine Kinder sind keine Bälger, und dämliche schon gar nicht! Suchen Sie sich doch ein paar dressierte Affen, die Ihr Pappzeug essen!

Meine Kinder sind für diesen Zirkus zu schade! Ihr Geld können Sie sich in den – an den Hut stekken!«

Als Papa fertiggebrüllt hatte, herrschte einen Augenblick tiefe Stille. Herr Schlippenkötter war in seinen lila Chefsessel gesunken.

Plötzlich richtete Andi sich auf. »Papa«, sagte er laut. »Wir haben es uns überlegt. Jetzt machen wir es noch mal, so gut wir können. Und lachen werden wir auch. Ganz bestimmt, Herr Kippenschlötter.«

»Schlippenkötter«, murmelte der Chef.

»Auch ein hübscher Name«, sagte Andi freundlich.

Papa, Carlchen und Benni sahen Andi sprachlos an. Was war denn in ihn gefahren? Seit wann ließ Andi sich und seine Brüder beschimpfen? Andi zog Benni und Carlchen ganz dicht an sich heran und flüsterte mit ihnen. Benni und Carlchen lächelten und nickten. Richtig froh sahen sie aus.

»Ja, na endlich!« jubelte die Igelfrau und flitzte hinter die Kamera. Frau Andersen tupfte, puderte und kämmte. Der junge Mann rückte eifrig den Krug wieder gerade. »Wißt ihr denn den Text auch noch?« rief Herr Schlippenkötter, der aus seinem Sessel wieder aufgetaucht war.

»Klar«, sagte Carlchen.

Es wurde mucksmäuschenstill im Studio. Das ABC saß strahlend da und schaute in die Müsliteller, als wäre Marzipan darin. Benni leckte sich sogar die Lippen.

»Toll«, flüsterte die Igelfrau glücklich.

»Ton ab!« rief Herr Schlippenkötter.

Die Kamera begann zu surren. Andi hob lächelnd den Löffel an den Mund. Auch Benni und Carlchen steckten verzückt ihre Löffel in den Teller.

»So'n Mist, Meiers Mittags-Müsli«, strahlte Andi.

»Das scheußlichste Müsli der Welt«, flötete Benni und lächelte sein liebstes Lächeln.

»Und wie das schmeckt! So richtig mies!« schmetterte Carlchen.

Die Kamera lief weiter, obwohl die Igelfrau schon lange zur Salzsäule erstarrt dahinter stand und ihr Gesicht in den Händen verborgen hatte. Herr Schlippenkötter war in seinen Sessel gefallen und saß bleich, stumm und bewegungslos da. Der junge Mann zwinkerte aufgeregt und hüstelte. Frau Andersen guckte aus dem Fenster. Aber plötzlich begann jemand so laut zu lachen, daß das ganze Hochhaus zu zittern schien. Es war Papa,

und es dauerte ziemlich lange, bis er sich beruhigt hatte.

»Ich muß sagen«, schnaufte er, »das war die tollste Werbung, die ich in meinem Leben gesehen habe! Meiers Mittags-Müsli werde ich nie vergessen. Kommt, ABC, jetzt fahren wir nach Hause.«

»Denk an die Pommes mit Bratwurst, Papa«, sagte Benni.

Weihnachten ohne Gisela

»Jedes, jedes, jedes Jahr der gleiche Weihnachtsärger«, schimpfte Papa und schlug mit der flachen Hand bei »jedes, jedes, jedes« auf den Tisch, daß der Adventskranz mit den drei brennenden Kerzen an seinem Ständer zu tanzen begann.

»Paß doch auf«, sagte Mama.

Das ABC guckte interessiert auf den schaukelnden Adventskranz und auf Papa. Weihnachtsglocken, Weihnachtsmänner, Weihnachtsgebäck, das kannte man ja, aber »Weihnachtsärger« war neu.

»Seit wir die Kinder haben«, rief Papa, »kein Weihnachten allein! Kein Weihnachten ohne Gisela!« Bei »Gisela« haute er wieder auf den Tisch. Mama pustete vorsichtshalber die Kerzen aus.

»Ich würde auch gern mal allein Weihnachten feiern«, sagte sie. »Aber soll sie denn am Weihnachtsabend allein zu Hause sitzen? Deine Cousine?«

»Cousinen sind nur entfernte Verwandte!« rief Papa. »Außerdem: Kann sie denn nicht mal verreisen? Kann sie denn nicht mal nach Mallorca fliegen? Oder in die Alpen fahren? Das tun doch andere Alleinstehende auch. Warum kann *sie* das nicht? Und dann dieser Hund...«

»Vielleicht besprechen wir das lieber heute abend in Ruhe«, sagte Mama streng. »Eigentlich wollte ich mit euch eine gemütliche Adventskaffeestunde haben und mich nicht aufregen.« Papa saß da, starrte mit zusammengezogenen Augenbrauen auf den Stollen und die Pfeffernüsse und sah aus, als ob er an Gisela dachte.

Das ABC dachte auch an Gisela. Seit die drei sich erinnern konnten, klingelte es am frühen Weihnachtsnachmittag an der Tür, genau um zwei Uhr, und dann stürmte Gisela herein. Ihre Päckchen und ihre Handtasche warf sie in eine Flurecke, drückte Mama einen Blumenstrauß in den Arm, griff sich das ABC, ehe es ins Kinderzimmer entfliehen konnte, zog es an ihren runden Busen und küßte es ab. Dann guckte sie sich nach Papa um. »Wo ist denn Kläuschen?« Gisela war zehn Jahre älter als Papa, darum nannte sie ihn so, obwohl er es haßte.

Papa schloß sich im Wohnzimmer ein und tat so, als ob er den Tannenbaum schmückte. Dabei hatte Mama das schon am Abend vorher gemacht.

Aber das half ihm gar nichts. Gisela rüttelte an der Türklinke oder schlug mit der Faust gegen die Tür und rief: »Kläuschen, ich bin da-ha!«

Seufzend schloß Papa nach einer Weile die Tür auf und sagte: »Das habe ich schon gehört.«

»Mich überhört man auch nicht so leicht«, sagte Gisela dann, drängte Papa ins Wohnzimmer und schloß innen ab. Leider, denn so konnte das ABC nie sehen, ob Papa auch abgeküßt wurde. Man hörte durch die Tür, wie sie den Tannenbaum bewunderte. Es sei der schönste Baum, den sie jemals gesehen habe, und er sei traumhaft gut geschmückt, so gut wie noch nie. Das sagte sie jedes Jahr.

»Aber er steht wieder etwas schief«, sagte Papa. Er kriegte es zu seinem Kummer nie hin, einen Tannenbaum ganz gerade zu stellen.

»Das macht nichts!« rief Gisela. »Denk mal, im Wald stehen alle Bäume ein bißchen schief. Das sieht so schön natürlich aus.« Dann fragte sie: »Kann ich dir hier noch etwas helfen, Kläuschen?«, und Papa sagte: »Nein, danke, es ist alles fertig!« Und dann fragte sie: »Kann ich dir wirklich nichts mehr helfen?«, und Papa sagte: »Nein, wirklich nichts.« Und dann drehte sie den Schlüssel und stieß die Tür auf und lief in die Küche zu

Mama und wollte ihr dort helfen. Aber Mama brauchte auch keine Hilfe und sagte, die Küche sei leider so eng und es sei auch beinahe alles fürs Abendessen vorbereitet und es wäre furchtbar nett, wenn Gisela sich ein bißchen um das ABC kümmern könnte. Das ABC stand inzwischen im Flur um Giselas Pudel herum. Er hieß King. Er saß ganz still in einer Ecke und zitterte ein bißchen, und wenn man ihn streicheln wollte, knurrte er und zeigte die Zähne. Gisela riß ihn in die Arme, rief: »Ach, mein Moppelchen!« und lief mit ihm ins Kinderzimmer. Das ABC rannte hinterher. Wenn er auf Giselas Schoß saß, ließ King sich streicheln, und wenn er sich beruhigt hatte, machte er sogar Kunststücke. Er sprang über hochgehaltene Lineale, tanzte auf den Hinterbeinen und gab Pfötchen. Es war toll.

Danach spielten sie ein Würfelspiel, was immer etwas schwierig war, weil Gisela so schwungvoll würfelte, daß der Würfel auf die Erde und unter die Betten und Regale rollte. Manchmal erzählte sie auch etwas. Von Indianern, die Siedler skalpierten, oder von Mördern, die durch das neblige London schlichen. Sie erzählte spannend, aber leider so laut, daß Mama es hörte und ganz vorsichtig an der Tür fragte, ob Gisela dem ABC nicht eine schöne Weihnachtsgeschichte erzählen könnte.

Nein, Weihnachtsgeschichten kannte Gisela nicht. Trotzdem war sie immer sehr gerührt, wenn sie nach dem Kaffeetrinken alle in der Kirche saßen, das Krippenspiel sahen und Weihnachtslieder sangen. Sie sang sehr laut, so daß einige Leute sich nach ihr umdrehten. Aber sie sang richtig, das konnte Carlchen hören.

Wenn Andi und Benni dann unter dem Tannenbaum ihre Gedichte aufgesagt hatten und Carlchen ein paar Weihnachtslieder vorgegeigt hatte, wenn die Bescherung vorbei war und das ABC seine neuen Sachen ausprobierte, dann holte Gisela ihre Geschenke hervor. Es gibt Leute, die schenken das, was man sich gewünscht hat, und es gibt Leute, die schenken Überraschungen.

Gisela schenkte Überraschungen, denn sie schenkte genau das, was man auf gar keinen Fall brauchte. Papa bekam zu einem Weihnachten einen silbernen Sektkübel, ein anderes Mal eine afrikanische Holzmaske. Mama bekam das eine Jahr ein Paar Rollschuhe und ein andermal sogar Rasierwasser. Das war aber aus Versehen, weil Gisela es mit Parfum verwechselt hatte. Und das ABC bekam Kerzenhalter und Heckenscheren,

Vogelkäfige und Blumenvasen, Bücher über Goethe und Lampenschirme. Manchmal konnte man die Geschenke umtauschen, wenn Gisela die Kassenzettel noch hatte. Aber da sie nicht sehr ordentlich war, suchte sie oft vergeblich danach. Immer bewunderte sie, was das ABC ihr gebastelt hatte, und fand, daß sie noch nie, niemals so etwas Schönes bekommen habe. Und dann küßte sie das ganze ABC noch einmal ab.

Während der Bescherung spielte King, der Pudel, verrückt. Er jaulte, wenn Carlchen geigte, rannte im Kreis, steckte den Kopf in die Sofakissen, und einmal hatte er sogar Mama, die Weihnachten ausnahmsweise keine langen Hosen trug, in ihr Perlonstrumpfbein gebissen.

»Es sind seine Nerven!« hatte Gisela gerufen. »Ihr dürft ihm nicht böse sein! Wenn so viel los ist, versagen immer seine Nerven.«

»Ich hätte auch schwache Nerven, wenn ich Hund bei Gisela wäre«, hatte Papa zu Mama gesagt, als Gisela am späten Abend nach Hause gefahren war und er im Sessel lag und sich erholte. Mama lag in dem anderen Sessel mit ihrem umwickelten Bein und erholte sich auch.

»Aber alles in allem muß man doch sagen, daß sie ein sehr freundlicher und gutmütiger Mensch ist«, sagte Mama jetzt.

»Ja, das ist sie wirklich«, stimmte Papa zu. »Aber sie ist alles, was sie ist, immer so intensiv.«

»Was heißt intensiv?« fragte Benni.

»Anstrengend«, stöhnte Papa.

Während also jeder an Gisela dachte, klingelte plötzlich das Telefon.

Papa schlurfte hin und hob ab.

»Ja?« sagte er. »Ach, du bist es, Gisela. Wir haben gerade von dir gesprochen.« Er hielt den Hörer ein bißchen vom Ohr weg, weil die Stimme, die heraustönte, so laut war. Man konnte sie bis zum Kaffeetisch hören. Nur *was* sie sagte, konnte man nicht verstehen.

»Ach«, sagte Papa, »wirklich? Das ist aber schade...« Doch obwohl irgend etwas schade war, klang seine Stimme plötzlich richtig froh. Er grinste zu Mama hinüber. »Wo wir doch jedes Jahr... ja, dann, wenn du meinst... ja, die Geschenke tauschen wir noch aus... ja... ja... also, bis dann, Gisela!« Er warf den Hörer hin, ging zu Mama und gab ihr einen Kuß auf die Nasenspitze. »Weihnachten alleine«, sagte er. »Zum erstenmal wir fünf allein. Sie fährt zu ihrer Freundin nach Jeversdorf, sagt sie.«

»Was für eine Freundin? Was für ein Jeversdorf? Davon hat sie nie erzählt«, sagte Mama.

»Ich weiß nicht. Ist mir auch egal«, sagte Papa. »Denk mal, Weihnachten allein! Weihnachten ohne Gisela!«

Ein richtiges Weihnachten

Endlich war wieder Heiligabend. Nach all den Weihnachtsfeiern, Bastelnachmittagen, Basaren: wirklich Weihnachten. Nach dem wie immer spärlichen Weihnachtsmittagessen saß das ABC im Kinderzimmer und langweilte sich. Die Zeit schlich dahin. Wenn man nach einer Ewigkeit auf die Uhr guckte, waren fünf Minuten vergangen. Endlich schlug die alte Standuhr auf dem Flur zwei. Dong-dong machte sie, und das ABC rannte zur Haustür. Mama kam aus der Küche, und Papa wollte gerade im Wohnzimmer verschwinden. Aber dann ließ er die Klinke los und sagte: »Ach so, Gisela kommt ja dies Jahr gar nicht. Fast hätte ich's vergessen.«

»Ja«, sagte Mama. »Ich wollte gerade die Haustür aufmachen.«

Das ABC schlich zurück ins Kinderzimmer und langweilte sich. Der Uhrzeiger war wieder eine Schnecke.

»Was sollen wir machen, Mama?« rief Carlchen.

»Spielt doch Monopoly«, antwortete Mama aus der Küche.

»Das ist blöd«, sagte Benni.

»Dann spielt ›Stadt, Land, Fluß‹«, schlug Mama vor.

»Langweilig!« rief Carlchen.

»Mit Gisela habt ihr doch auch immer gespielt«, sagte Papa im Vorbeilaufen. Er rannte mit einem Schraubenzieher und Holzstückchen in der Hand durch den Flur, weil der Tannenbaum sehr schief stand. Schief stand er ja jedes Jahr, aber diesmal eben *sehr* schief.

»Ja, mit Gisela«, sagte Andi gedehnt.

»Hört Kassetten!« rief Mama.

»Kennen wir schon alle in- und auswendig«, murrte Benni. »Also, was sollen wir machen, Mama?«

»Macht mich nicht wahnsinnig«, sagte Mama.

»Wir könnten uns mal wieder richtig schön hauen«, schlug Andi vor. »Wer im Moment der Stärkste ist.« Das sagte er natürlich, weil er wußte, daß er im Moment der Stärkste war. Darum waren Benni und Carlchen von dieser Idee auch gar nicht begeistert und hatten nichts dagegen, daß Mama aus der Küche rief: »Aber doch nicht prügeln am Heiligabend!«

Carlchen schlenderte gelangweilt zum Wohnzimmer und faßte an die Klinke. Die Tür war offen! Papa hatte vergessen, sie abzuschließen. Carlchen schubste die Tür ein klein bißchen auf und schielte durch den Spalt. Er sah Papas Beine unter dem Tannenbaum, der hin und her schwankte.

»Soll ich dir helfen, Papa?« fragte er mitleidig.

»Raus mit dir!« schrie Papa unter dem Baum hervor.

Mama kam aus der Küche gestürzt und zog Carlchen von der Tür zurück. »Was machst du denn da? Du siehst ja schon alle Geschenke!« schimpfte sie.

Aber Carlchen hatte wirklich nichts als Papas Schuhsohlen gesehen. Andi und Benni waren hinter Mamas Rücken in die Küche geschlüpft und steckten gerade ihre Finger in die Himbeerschaumspeise für das Abendessen, als Mama zurückkam und sie erwischte. Jetzt wurden sie gleich wieder ins Kinderzimmer geschickt, obwohl sie eigentlich kochen helfen wollten. Aber Mama kochte lieber allein.

»Ich schlaf ein bißchen«, sagte Benni. »Dann kann ich bis Mitternacht aufbleiben.« Er legte sich auf sein Bett. Carlchen und Andi machten das

Licht aus und legten sich ebenfalls hin. Schließlich wollten sie auch lange aufbleiben. Aber wenn man sehr aufgeregt ist, kann man nicht schlafen. Und das ABC war jedes Weihnachten sehr aufgeregt.

»Du schnaufst so laut«, sagte Benni zu Carlchen, der unter ihm im Etagenbett lag.

»Stimmt ja gar nicht«, sagte Carlchen beleidigt. »Ich atme ganz leise! Außerdem habe ich schon fest geschlafen, und du hast mich geweckt.«

»Ruhe!« rief Andi. »Nie kann man schlafen. Immer weckt ihr mich.«

»Jetzt wollen wir alle ganz, ganz still sein«, sagte Carlchen. »Dann schlafen wir bestimmt ein. Und wer was sagt, muß eine Mark bezahlen.«

Sie lagen ganz still und kniffen die Augen fest zu. Eine Weile hörten sie Mama in der Küche klappern und Papa im Wohnzimmer rascheln. Sie hörten Autos vorbeifahren und hörten das Ticken der Standuhr. Aber es war sehr traurig und sehr langweilig, daß man so gar nichts sagen durfte. Mit Gisela war das Warten immer viel lustiger gewesen.

Endlich hörten sie, wie Papa aus dem Wohnzimmer herauskam und wie er im Flur stehenblieb. Dann riß er die Tür zum Kinderzimmer auf und brüllte: »Was stellt ihr denn wieder an?«

»Wir schlafen«, sagte Benni empört. »Und du hast uns geweckt!«

»Ach«, stotterte Papa, »das tut mir aber leid. Ich dachte, ihr stellt etwas ganz Furchtbares an, weil es so still war.«

»So, jetzt muß er eine Mark bezahlen«, sagte Andi zufrieden.

»An jeden eine«, forderte Carlchen.

»Und er kann den Kaffeetisch decken!« rief Mama.

Das ABC sprang aus den Betten und zog die guten Sachen an, die Mama für den Weihnachtsabend bereitgelegt hatte. Und dann rief Mama endlich, nun sei es Zeit, schnell in der Küche Kaffee zu trinken und dann zur Kirche zu gehen. Es gab den Rest vom Stollen und Lebkuchen. Die vier Kerzen am Adventskranz brannten, und es stand eine Tasse zuviel auf dem Tisch.

»Oh«, sagte Papa verlegen und nahm die Tasse weg.

Mama lächelte. »Ich hab aus Versehen sechs Schaumspeisen für heute abend gemacht. Und sechs Putenschnitzel hab ich auch gekauft. Ist das nicht merkwürdig?«

Beim Krippenspiel war es genauso wie immer. Interessant war nur, ob man welche von den Kindern kannte, die mitspielten. Kai Frisch, Bennis Freund, der den Josef spielte, versprach sich zweimal. Aber das tat er in der Schule auch, wenn er etwas aufsagen sollte. Und Nadja Bach aus Andis Klasse durfte wie jedes Jahr »Vom Himmel hoch« singen, weil sie eine so schöne Stimme hatte. Es fehlte richtig, daß Gisela ihr Taschentuch herauszog und laut hineinschnaubte, weil aus irgendeinem Grund Nadjas Stimme sie immer zum Weinen brachte.

Später gingen sie durch die Dämmerung nach Hause und sahen ab und zu schon hinter den Fenstern die Kerzen an einem Tannenbaum brennen. Vor Freude und Aufregung wurde es dem ABC ganz warm bis in die Nasenspitze. Aber sie mußten noch warten, bis Papa und Mama im Wohn-

zimmer die Geschenke und die bunten Teller fertig aufgebaut hatten und bis die Kerzen am Tannenbaum angezündet waren. Und dieses Warten war nun wirklich kaum noch auszuhalten.

»Geht doch rauf und telefoniert mal mit Christine!« sagte Mama.

Mama und Papa hatten oben in ihrem Schlafzimmer noch ein zweites Telefon stehen. Benni raste als erster hoch und unterhielt sich mit Christine. Aber sie hatte leider nur ganz wenig Zeit, weil sie Besuch von ihrer Oma, ihrer Tante und zwei Vettern hatten.

»Du hast es gut«, sagte Benni neidisch. »So viel Besuch!«

»Ist eure kleine dicke Tante denn nicht bei euch?« fragte Christine.

»Nein«, sagte Benni.

Andi guckte im Telefonverzeichnis nach, wem man noch »Fröhliche Weihnachten« wünschen könnte. Sie sprachen mit zwei Freunden, mit einem Nachbarn, mit Frau Hundertmark und mit Doktor Sauser, ihrem Kinderarzt. Der freute sich aber gar nicht, weil er im ersten Augenblick dachte, das ABC sei krank.

Zum Schluß wollte Andi noch Gitti anrufen. Das war Mamas Schwester. Er suchte die Telefon-

nummer aus Mamas rotem Telefonbüchlein heraus. Aber er mußte wohl eine Spalte zu tief gerutscht sein, denn als er die Nummer gewählt hatte, hörte er zwar eine bekannte Stimme, aber es war nicht Gittis Stimme. »Freymuth«, sagte die Stimme. Freymuth, das war Giselas Name. Andi guckte verdutzt auf Benni und Carlchen. Sie kamen mit ihren Köpfen ganz dicht an den Hörer heran.

»Ja, wer ist denn da?« fragte Gisela.

Andi nahm den Hörer vom Ohr und hielt ihn in die Luft.

»So melden Sie sich doch!« rief Gisela. Und dann klickte es. Gisela hatte aufgelegt.

Das ABC sauste die Treppe hinunter.

»Papa!« rief Benni.

»Mama!« rief Andi.

»Einen Augenblick noch!« riefen Mama und Papa im Chor aus dem Wohnzimmer.

»Papa!« rief Carlchen. »Gisela ist gar nicht verreist! Sie ist zu Hause!«

Das Laufen und Knistern im Wohnzimmer hörte auf, und Papa steckte den Kopf aus der Tür. »Was sagst du da?«

»Ich habe aus Versehen bei ihr angerufen«, sagte Andi aufgeregt. »Und da hat sie ihren Namen gesagt und gefragt: ›Wer ist denn da?‹ Aber ich war so überrascht, daß plötzlich Gisela am Telefon war, daß ich gar nicht antworten konnte.«

»Das stimmt!« riefen Benni und Carlchen.

Papa verschwand im Wohnzimmer. Man hörte ihn mit Mama murmeln, und dann hörte man, wie jemand Kerzen auspustete, und Papa kam wieder aus dem Wohnzimmer heraus. »Zieht euch schnell eure Jacken an!« sagte er. »Wir holen Gisela.«

»Du wolltest doch mal ohne sie feiern«, wandte Carlchen ein.

»So? Wollte ich das? Daran kann ich mich gar nicht mehr so richtig erinnern«, brummte Papa.

Als sie vor dem Haus hielten, in dem Gisela wohnte, sahen sie schon von unten, daß die Wohnung im ersten Stock hell erleuchtet war. Sie stiegen die Treppen hoch, und Papa klingelte. Man hörte King bellen, und dann machte Gisela die Tür auf. Sie war etwas blasser als gewöhnlich, und ihre Augen waren ein bißchen rot.

»Gisela! Was machst du denn hier! Du wolltest doch zu deiner Freundin!« rief Papa.

Gisela schielte nach unten auf ihre Schuhspitzen und murmelte: »Ach, die ist plötzlich krank geworden.«

»So. Hm. Soso«, machte Papa. »Und warum bist du nicht zu uns gekommen? Glaubst du denn, wir lassen dich Weihnachten allein? Meine Cousine?«

Da hob Gisela den Kopf und sah Papa genau in die Augen. »Eine Cousine ist nur sehr entfernt verwandt«, sagte sie. »Und ich hatte wirklich das Gefühl, daß ihr nach all den Jahren mit mir auch einmal allein feiern müßtet.«

Jetzt guckte Papa auf seine Schuhe. Und das ABC sah, daß seine Ohren sich ein wenig röteten. Es gab eine kleine Pause. Dann räusperte Papa sich zweimal, und dann guckte er wieder hoch und sagte: »Ehrlich gesagt: Das hatten wir auch gedacht.« Er räusperte sich wieder. »Aber ob du's glaubst oder nicht: Ohne dich ist es kein richtiges Weihnachten.«

Gisela putzte sich erst die Nase (schon wieder sehr laut), und dann rief sie, daß es durch das Treppenhaus schallte: »Dafür könnte ich dich auf der Stelle küssen, Kläuschen!«

»Bitte, tu's nicht«, sagte Papa.

Gisela verschonte ihn, aber das ABC wurde gegriffen und abgeküßt. King wurde aus dem Wohnzimmer gelassen, und Gisela malte sich die Lippen an und legte ihre Perlenkette um und nahm einen Blumenstrauß aus der Vase, und dann ging es nach Hause zu Mama, die inzwischen vorsichtshalber eine dicke lange Hose angezogen hatte.

King jaulte und raste im Kreis und störte beim Geigen und schnappte nach Papas Hacken. Gisela wollte überall helfen und sang zu laut. Sie verschenkte Sachen, die man nicht gebrauchen konnte, und lobte den Tannenbaum, der wieder etwas zur Seite gesunken war. Es war laut wie immer und lustig wie immer und anstrengend wie immer: eben ein richtiges Weihnachten!

Das ABC verliebt sich

Am Ende der Ringelstraße, hinter den Reihenhäusern mit ihren kleinen Vorgärten, lag eine große altmodische Villa in einem riesigen verwilderten Garten. In dem Haus wohnten zwei sehr alte Schwestern, die oft langsam Arm in Arm die Ringelstraße entlanggingen. Es waren nette alte Damen, fanden die Kinder, denn sie verteilten oft Bonbons. Wenn man freundlich »Guten Tag« sagte, kriegte man sogar zwei Stück. Also sagte das ABC immer freundlich »Guten Tag«, und wenn die Schwestern von ihrem Spaziergang zurückkamen, sagte das ABC wieder sehr freundlich »Guten Tag«. Die alten Damen vergaßen nämlich immer, wem sie schon Bonbons geschenkt hatten. Aber eines Tages waren die beiden Alten nicht mehr da. Die Leute erzählten, sie seien in ein Altersheim gegangen.

Von Monat zu Monat wurde der Garten um das alte Haus herum wilder. Die Blumen begannen unter dem Unkraut zu ersticken. Die Farbe bröckelte von den Hauswänden, und vom Dach fielen bei Sturm die Ziegel herunter. Eines Tages waren sogar ein paar Fensterscheiben eingeworfen. Die Löcher wurden von Arbeitern mit Brettern zugenagelt.

Aber dann, gerade als die Sommerferien anfingen, begann es plötzlich um das alte Haus herum lebendig zu werden. Jeden Morgen stand der Fußweg voller Handwerkerautos. Die Maler malten, die Dachdecker deckten, die Glaser verglasten, und die Gärtner rissen das Unkraut und die alten Büsche heraus. Ein hoher Gitterzaun wurde an der Straße entlanggezogen mit einem verzierten Tor in der Mitte.

Jeden Tag gab es etwas Neues zu sehen. Das war richtig spannend. Deshalb war das ABC ein bißchen traurig, daß es gerade jetzt vierzehn Tage zur Oma reisen sollte. Obwohl alle drei normalerweise gern ihre Oma besuchten. Aber nun konnten sie nicht mitkriegen, was in der Ringelstraße vor sich ging. Und tatsächlich, gerade in diesen zwei Wochen passierte Entscheidendes.

Als Carlchen, der Frühaufsteher der Familie, am letzten Ferientag – das ABC war am Abend vorher wieder nach Hause zurückgekommen – morgens die Straße entlangging, wunderte er sich. In den Fenstern der alten Villa hingen Spitzengardinen. Am linken Pfosten des Gartentors war unter einer Sprechanlage ein Messingschild angebracht, auf dem in hübscher Schreibschrift stand: *Dr. G. Pfeifinger / Dr. E. Pfeifinger-Menzini*. In der Mitte, auf der schmiedeeisernen Rosette des Tores, hing ein großes weißes Schild, von dem Carlchen die Buchstaben entgegensprangen: Warnung vor dem Hunde. Den Hund sah man auch schon. Es war ein gewaltiger Neufundländer, der auf dem Gartenweg lag und Carlchen ruhig aus seinen bernsteinfarbenen Augen musterte.

Carlchen mochte Hunde, und besonders für große Hunde hatte er eine Vorliebe. »He, du«, sagte er zu dem Neufundländer. Natürlich hatte Carlchen nicht damit gerechnet, daß der Hund etwas sagen würde, und darum war er sehr überrascht, als eine weiche, singende Stimme »He, du«, antwortete. Die Stimme gehörte auch nicht dem Neufundländer, sondern einem Mädchen, das hinter einer der neugepflanzten Fichten hervorkam. Carlchen sah gleich, daß es ein besonderes Mädchen war. Es hatte langes lockiges Haar von einem unglaublichen Rot und Augen wie glänzende Kastanien. Obwohl es nur Jeans und ein T-Shirt anhatte, sah das Mädchen fast wie eine Prinzessin aus.

Carlchen stand und staunte dieses Geschöpf an. Er schwitzte vor Überraschung und Verlegenheit. Endlich gelang es ihm, etwas zu stottern wie »Gu'n Tag«. Das Mädchen sah ihn mit den Kastanienaugen an und antwortete nicht. Es hatte ja auch schon »He« gesagt, fiel Carlchen ein.

»Ich hab zu dem Hund ›He, du‹ gesagt«, stieß er schnell hervor. Es wäre ja furchtbar, wenn das Mädchen glaubte, daß er eine Prinzessin mit »He, du« begrüßen würde.

»Das hab ich gehört«, sang sie. Sie sang natürlich nicht wirklich, aber Carlchen fand, daß ihre Stimme sich wie Musik anhörte. »Wohnst du hier?«

»Ja«, sagte Carlchen. Noch nie war er so froh gewesen, in der Ringelstraße zu wohnen. Der Hund kam heran und schnupperte durch das Gitter an Carlchens Hand.

»Wie heißt du denn?« fragte das Mädchen.

»Carl«, sagte Carlchen. Er fand, Carlchen hörte sich so nach Kindergarten an. Überhaupt dachte er oft, seine Eltern hätten ihm einen etwas flotteren Namen geben können. Carl mit C oder Karl mit K hießen so viele alte Männer in der Umgebung.

Aber die fremde Prinzessin schien mit »Carl«

ganz zufrieden zu sein. »Ich bin Viola«, sagte sie. »Und das ist Nebukadnezar. Aber der Name ist so lang; wir sagen immer Nebu.«

Als er seinen Namen hörte, trottete der große Hund zu Viola zurück und legte sich vor ihre Füße. Sie setzte sich auf ihn wie auf ein Sofa und sah Carlchen mit ihren blanken Augen an. »Willst du mal mit mir spielen?« fragte sie.

Carlchen wäre vor Freude beinahe in die Luft gesprungen. »O ja!« rief er.

»Ich spiele nämlich nicht mit Mädchen. Ich finde Mädchen blöd«, erklärte Viola.

»Ich auch«, sagte Carlchen aus vollem Herzen. Er hatte ganz vergessen, daß er fast jeden Tag mit Christine spielte.

»Ich bin ein Mädchen«, sagte Viola.

Carlchens Ohren wurden heiß. »Ja, natürlich... mit manchen Mädchen spiele ich«, stotterte er. »Manche sind nicht blöd.«

Viola erhob sich von ihrem Hundesofa und drehte sich dem Haus zu. »Vielleicht ein anderes Mal«, rief sie über die Schulter zurück.

Carlchen starrte verwirrt hinter ihr her. Warum hatte er nur gesagt, daß Mädchen blöd seien? Ob sie jetzt nie mit ihm spielen würde? Er wartete noch einige Minuten, aber von Viola zeigte sich

keine Spur mehr. Nur eine Gardine oben in der alten Villa schien sich ein bißchen zu bewegen.

Da drehte Carlchen sich auf den Hacken um und lief nach Hause. Er lief so schnell er konnte und riß die Küchentür auf. »Sie heißt Viola!« rief er.

»Du sprichst in Rätseln, o Sohn«, sagte Papa, der im Bademantel vorbeischlurfte, und tätschelte Carlchen den Kopf.

»Sie hat braune Augen und feuerrote Haare!« jubelte Carlchen.

»Du spinnst wohl, was?« brummelte Andi, der gerade die Eier in die Becher stellte.

»Sie hat einen riesigen Hund«, sagte Carlchen.

»Du hast wohl geträumt, mein Kleiner«, sagte Mama liebevoll und kippte den benutzten Kaffeefilter in den Müll.

Carlchen hätte sie alle erschlagen können. Hier saßen sie, aßen Eier und tranken Kaffee, obwohl einige Häuser weiter die schönste Prinzessin der Welt wohnte!

Er sank auf einen Stuhl. »Sie sieht aus wie eine Prinzessin und heißt Viola«, murmelte er.

»Viola... das ist ein aparter Name«, sagte Mama. »So heißen alte Geigen. Viola da gamba.«

»Sie hat auch eine Stimme wie eine Geige«, sagte Carlchen glücklich.

Jetzt fingen Andi und Benni an zu lachen. »Carlchen ist verlie-hiebt, Carlchen ist verliehiebt«, sang Benni.

Normalerweise hätte Carlchen sich furchtbar darüber geärgert, denn verliebt zu sein, das war nun wirklich die größte Schande, die es überhaupt gab. Aber jetzt war nicht normalerweise. Jetzt zählte nur, daß er eine wunderschöne Prinzessin kennengelernt hatte.

»Wartet nur, bis ihr sie seht«, sagte er trotzig.

Doch obwohl er und Andi und Benni mindestens fünfzigmal mit dem Rad an der Villa vorbeifuhren, war von Viola und Nebu an diesem Tag keine Spur mehr zu entdecken.

Am nächsten Morgen stellte sich heraus, daß Benni ein Riesenglückspilz war. Es war kaum zu glauben: Viola ging in seine Klasse. Wirklich und wahrhaftig.

»He, Carl«, sagte sie zu ihm.

»Ich bin nicht Carlchen, ich bin Benni«, sagte Benni. »Carlchen ist nur mein Drilling.«

Viola fielen fast die Kastanienaugen aus dem Kopf. »Echt?«

In der Pause konnte sie sich überzeugen, daß Carlchen wirklich dreimal auf dem Schulhof vorhanden war. Das gefiel ihr gut. Sehr gut sogar. Viola kannte viel von der Welt, denn sie war schon oft umgezogen. Aber Drillinge hatte sie noch nie kennengelernt. Sie erlaubte, daß das ABC sie nach Hause begleitete. Carlchen durfte ihren Ranzen tragen. Benni durfte ihren Turnbeutel tragen.

Christine ging ein Stückchen hinterher. Niemand wäre auf die Idee gekommen, Christines Ranzen oder Turnbeutel zu tragen. Am wenigsten Andi, der damit beschäftigt war, herauszubekommen, welche Spiele Viola hatte. Seine Forschungen ergaben, daß Viola einen Tischtennisraum,

mehrere Computerspiele, ungefähr dreißig Würfelspiele, einen eigenen Fernseher und einen eigenen Videorecorder hatte. Außerdem hatte sie ein Schwimmbad und eine Sauna im Keller. Sagte sie wenigstens.

»Wenn's stimmt«, murmelte Andi.

Viola warf ihm einen funkelnden Blick zu. »Kannst ja kommen und gucken, um halb vier!«

Fünf Minuten vor halb vier stand Andi vor dem schmiedeeisernen Tor und drückte den Finger auf die Klingel. Zwar hatte Viola gesagt: »*Du* kannst kommen«, und nicht: »*Ihr* könnt kommen«, aber Benni und Carlchen waren fest davon überzeugt, daß sie nur das gemeint haben konnte. So standen sie dicht hinter Andi. Zuerst rührte sich gar nichts. Andi klingelte noch einmal. Es schnarrte in der Sprechanlage über dem Namensschild, und dann fragte Violas Stimme, etwas verändert, als ob sie telefonierte: »Wer ist da? Bitte sprechen Sie.«

»Na, ich bin's, Andi«, sagte Andi überrascht. »Ich sollte doch kommen.«

»Solltest nicht, konntest«, verbesserte ihn die veränderte Viola-Stimme. »Eigentlich paßt es mir grad nicht, aber, na ja...«

Das Tor summte, und dann öffnete sich wie von Geisterhand aufgerissen einer seiner Flügel. Andi wedelte mit der Hand, daß Benni und Carlchen verschwinden sollten. Wenn er Viola schon nicht so gut paßte, paßten seine Brüder ihr bestimmt überhaupt nicht. Aber Benni und Carlchen schalteten auf stur und drängelten ihm nach. Das Tor schloß sich leise hinter ihnen. Schüchtern gingen die drei auf die Villa zu. Das war ungewöhnlich, denn zu dritt war das ABC sonst niemals schüchtern.

An der Eingangstür befand sich wieder eine Klingel. Andi läutete. Man hörte Hundegebell im

Haus und sah einen Augenblick lang Violas Gesicht hinter den Glasscheiben der Tür. Dann öffnete sie. Sie hatte eine große grüne Schleife in ihrem roten Haar und trug ein weißes Sweatshirt, das ganz mit kleinen grünen Schleifen bedruckt war. Selbst Andi, der nur wegen des Schwimmbades gekommen war, war einen Augenblick sprachlos. Viola war wirklich das schönste Mädchen weit und breit.

»Kommt rein!« sagte sie und zog Nebu am Halsband aus dem Eingang.

Das ABC marschierte im Gänsemarsch ins Haus. Nebu schnüffelte an allen dreien, dann trollte er sich zufrieden zu seiner Decke, die in einer Ecke der Diele lag. Das ABC war immer noch schüchtern und starrte auf den Fliesenboden. Besonders peinlich war es, daß Viola nichts sagte. Sie hätte ja vielleicht sagen können: »Toll, daß ihr da seid!« Oder: »Na, kommt mal in mein Zimmer!« Aber sie sagte kein Sterbenswörtchen. Ob ihr der Besuch wirklich nicht paßte?

Endlich gab sich Andi einen Ruck. Es war ja auch zu blöd, bis in alle Ewigkeit hier zu stehen und den langweiligen Fußboden anzuglotzen. Irgendwo hörte die Schüchternheit auf. Jedenfalls für Andi.

»Wo ist das Schwimmbad?« fragte er. Daß es das gab, glaubte er nämlich am wenigsten.

Carlchen schämte sich zu Tode. Andi war immer so unhöflich. Aber Viola schien glücklicherweise nicht beleidigt zu sein. Sie winkte dem ABC, ihr zu folgen. »Ich zeige euch zuerst das Wohnzimmer.«

Sie ging auf eine große Glastür zu und stieß beide Flügel weit auf. Das Wohnzimmer war riesig groß und riesig hoch. Von der Decke hing ein glitzernder Kristallkronleuchter, und auf dem Boden lagen prächtige Teppiche. Überall standen Schränke, Kommoden, Sofas, Tische und Stühle aus glänzendem Holz.

»Alles echt Biedermeier«, sagte Viola.

»Was ist Biedermeier?« fragte Benni vorsichtig.

Viola sah ihn nur stumm an und schloß die Tür wieder. »Hier darf man nicht spielen, sonst zerkratzt man die Möbel«, sagte sie.

Das ABC hatte zu Hause im Wohnzimmer zwei alte Sofas, auf denen es durch die Prärie ritt oder Trampolinsprünge machte. Daß man das auf diesen Sofas nicht durfte, war klar.

»Als nächstes: das Eßzimmer«, verkündete Viola. Das Eßzimmer war auch groß und hatte auch glänzende alte Möbel, die aussahen, als ob man sie nicht benutzen dürfte.

Die Küche dagegen war sehr modern und stand voller interessanter Maschinen, die Benni zu gern mal ausprobiert hätte. Aber Viola erlaubte es ihm nicht. Sie zeigte noch das Elternschlafzimmer, das Elternbadezimmer, die beiden Arbeitszimmer und zum Schluß im obersten Stockwerk ihr eigenes Zimmer. Sie hatte auch ein Badezimmer ganz für sich allein. Das war das stärkste, fand Benni. Er tat so, als ob er mal mußte. Und während die anderen sich Violas Spiele zeigen ließen, setzte er sich auf die Badewanne und guckte sich das neue Klo, den schönen Spiegel und die Fliesen mit den Blümchengirlanden an und probierte die Wasserhähne aus, bis Andi nach ihm rief und an die Tür hämmerte.

»Und wo ist nun das Schwimmbad?« fragte Andi. Er vergaß nie, warum er irgendwohin gegangen war.

Viola stieg mit ihnen in den Keller hinunter. Sie zeigte erst noch die Sauna und den Tischtennisraum. Als Andi es fast nicht mehr aushalten konnte, machte sie eine Tür auf, und dahinter befand sich tatsächlich ein blaugekacheltes Schwimmbad.

»Ach, so klein«, sagte Andi. Das sagte er nur, damit Viola sich nichts einbilden sollte, weil sie ein Schwimmbad hatte.

»Hat es auch Wellen?« fragte Benni.

»Natürlich nicht«, sagte Viola. »Privatbäder haben nie Wellen. Aber es hat eine Gegenstromanlage.«

»Toll!« Carlchen wußte zwar nicht, was das war, aber er fand alles toll, was Viola zeigte und sagte.

»Soll ich schnell meine Badehose holen?« rief Andi.

»Nein«, sagte Viola. »Wenn ich allein bin, darf ich das Schwimmbad nicht benutzen.«

»*Du* sollst es ja nicht benutzen, *ich* will es benutzen«, sagte Andi. »Ich habe den Fahrtenschwimmer und übe fürs Rettungsschwimmen.«

Viola zögerte. Aber Andi war schon losgelaufen.

Carlchen läßt Bennis Hammer fallen

Es wurde ein herrlicher Nachmittag. Andi badete, Benni sah sich Filme an und ging ab und zu auf das wunderbare Klo, und Carlchen spielte mit Viola Würfelspiele und Mikado und ließ Viola gewinnen.

Um halb sieben kam Violas Mutter nach Hause. Sie war Dr. E. Pfeifinger-Menzini. Da fiel dem ABC ein, daß es schon um sechs hätte zu Hause sein sollen. Violas Mutter war nicht halb so schön wie ihre Tochter und sah aus wie eine kleine, zarte grauhaarige Maus. Sie sprach so schnell, daß man sie kaum verstehen konnte, und rollte das R vorne im Mund hinter ihren Mäusezähnen. Aber so viel verstand das ABC doch: Sie freute sich, daß Viola so schnell Freunde gefunden hätte, und das ABC dürfe gern wiederkommen.

Und ob das ABC gern wiederkam! Es kam jeden Tag und genoß in vollen Zügen all die tollen Dinge, die es bei Viola gab. Glücklicherweise hatte Viola keine anderen Freunde. Das ABC hätte auch jeden vertrimmt, der es gewagt hätte, mit ihr zu spielen. Die wunderbaren Tage vergingen einer nach dem anderen, und nach einiger Zeit war das ABC nicht mehr ganz so zufrieden. Woran das lag, war nicht ganz klar. Aber irgendwie machte es Andi nicht mehr so viel Spaß, Violas Barbiepuppen vor dem Ertrinken zu retten oder eine Rolle rückwärts im Wasser zu drehen, wenn Viola inzwischen zuguckte, wie Benni ihr in der alten Linde hinter dem Haus eine Baumhütte baute. Benni machte es keinen Spaß, die Bretter zusammenzuhämmern, wenn Viola nicht unter dem Baum stand, sondern mit Carlchen Klavier übte. Carlchen machte es keinen Spaß, die Schallplatten von Violas Eltern anzuhören, wenn Viola nach unten in den Keller lief, um Andi Schwimmflossen zu bringen.

Endlich dämmerte Andi und Benni und Carlchen: Es war am schönsten bei Viola, wenn man mit ihr allein war. Und auch Viola fand es am schönsten, wenn Andi oder Benni oder Carlchen allein erschienen. Es war nämlich sehr anstrengend, immer von einem zum anderen zu laufen und jeden zu loben und zu bewundern und sich bewundern zu lassen und bei keinem zu lange zu bleiben, damit die anderen nicht beleidigt waren.

So ergab es sich, daß das ABC abwechselnd zu

Viola ging. Carlchen ging immer montags. Er freute sich das ganze Wochenende darauf. Dienstags war Benni an der Reihe. Mittwochs hatte Viola Ballettstunde, darum konnte Andi erst am Donnerstag drankommen. Freitags ging Viola zum Reiten, aber wenn sie um fünf zurück war, kam Carlchen noch ein oder zwei Stündchen zu ihr. Denn eine ganze Woche ohne Viola, das hätte er nicht ausgehalten. Glücklicherweise mußte Benni am Freitag zum Fußballtraining, und Andi ging zum Judo, sonst wären sie bestimmt mitgekommen.

Andi wollte Viola nämlich heiraten, obwohl er bisher eigentlich nicht ans Heiraten gedacht hatte. Und Benni wollte Viola auch heiraten. Es hing natürlich davon ab, wen sie nehmen würde. Benni baute ihr eine wunderschöne Baumhütte mit Sitzbank und Holzrindendach und dachte bei sich, daß Viola das bestimmt besser fand als Andis Rolle rückwärts im Schwimmbecken. In einer Baumhütte kann man schließlich jahrelang sitzen, Marmeladenbrote oder Eis essen und dankbar an den denken, der sie gebaut hat. Eine Rolle rückwärts ist vorbei, wenn sie fertig gedreht ist, und der Zuschauer hat sowieso nichts davon. Oder was ist spannend an ein paar Zehenspitzen oder

Hacken, die ab und zu aus dem Wasser gucken? Das sagte Benni aber nicht laut, denn leider war Andi ein bißchen stärker als er. Und außerdem konnte er Judo.

Carlchen sagte überhaupt nichts. Aber er träumte jede Nacht von Violas Kastanienaugen. Sogar sein Geigen wurde schlechter. »Wo bist du denn bloß mit deinen Gedanken?« sagte Frau Hundertmark.

»Findest du eigentlich Viola hübsch?« fragte Carlchen Papa, als sie eines Tages zusammen im Garten an ihrem Paddelboot flickten. Er fragte so ganz nebenbei, nachdem er erst über das Aussehen verschiedener anderer Leute gesprochen hatte. Eigentlich wollte er gar nicht fragen. Aber wenn man immerzu an jemanden denken muß, muß man auch mal über ihn sprechen, sonst platzt man. Papa flickte weiter und zeigte nicht das geringste Interesse an Violas Aussehen. Carlchen mußte die Frage noch einmal wiederholen, ehe Papa brummelte:

»Wer? Viola? Die kleine Rote? Ach ja, ganz niedlich. Wie eben kleine Mädchen so aussehen.«

Und weil Mama gerade vorbeiging, sagte er laut: »Aber darauf kommt es sowieso nicht an, Sohn. Sieh dir zum Beispiel mal diese junge Dame an. Ihre Nase hat doch wohl nicht gerade die Idealform, oder? Genau betrachtet, könnte man sie fast eine Kartoffelnase nennen. Und ich habe diese Dame trotz dieser Nase genommen, denn es kommt auf die innere Schönheit an.«

Mama warf mit einem Salatkopf nach ihm, den sie gerade geerntet hatte. Papa duckte sich, und der Salatkopf flog, klatsch, in den Eimer mit Seifenwasser, mit dem sie das Boot säubern wollten.

»Jähzornig ist sie auch«, sagte Papa zärtlich.

Carlchen seufzte. Es war nicht leicht, alberne Eltern zu haben. Dabei hätte er wirklich gern gewußt, wie jemand Viola fand, der nicht in sie verliebt war. Seine größte Sorge aber waren Andi und Benni. Wie sollte Viola sich jemals entscheiden zwischen drei Brüdern, die sich zum Verwechseln ähnlich sahen?

Und wenn sie sich entscheidet, dachte Carlchen, nimmt sie dann nicht Andi, der so sportlich und so stark und so mutig ist? Oder Benni, der ihr vielleicht später ein Schiff oder eine Mondrakete bauen wird? Carlchen seufzte noch einmal.

Und abends dann geschah etwas Entsetzliches. Etwas, das Carlchen im Grunde genommen die ganze Zeit über befürchtet hatte. So stark befürchtet, daß manchmal die Angst wie ein dicker

Klumpen in seiner Brust lag. Und es geschah nur durch einen dummen Zufall. Aber wäre es nicht jetzt passiert, wäre es irgendwann gekommen.

Zuerst stolperte Carlchen über Bennis Dampfer. Benni hatte diesen Dampfer aus Streichhölzern gebaut, ein Hölzchen auf das andere, Hunderte, Tausende von Hölzchen. Und wenn Papa auch ein bißchen geholfen hatte, so hatte Benni doch das meiste ganz allein gemacht. Und der Dampfer war einfach wahnsinnig gut geworden, das mußte jeder zugeben. Jetzt sollte der krönende Abschluß kommen, die Deckaufbauten. Benni hatte den Dampfer auf seinem Holzbrett

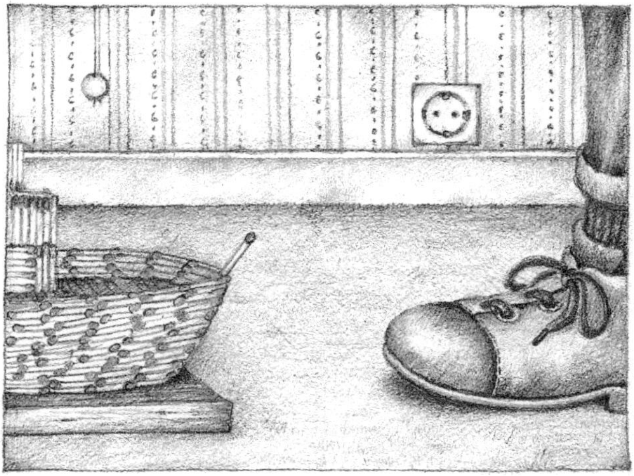

ganz, ganz vorsichtig auf die Erde gesetzt. Er war gerade zum Schreibtisch gegangen, um Klebstoff zu holen, da kam Carlchen herein.

Guckte nicht rechts, guckte nicht links, dachte man weiß schon an wen und stolperte über den Dampfer. Es knirschte, und der Dampfer brach auseinander. Später stellte sich heraus, daß es gar nicht so schlimm war, wie es zuerst ausgesehen hatte. Papa klebte die Teile wieder zusammen, und es war nichts mehr zu merken. Aber das konnte Benni in diesem Moment nicht wissen.

Er drehte sich um, sah sein zerbrochenes Schiff auf dem Boden und stürzte sich auf Carlchen. Carlchen war ebenso erschrocken wie Benni. Er wußte ja, wie lange Benni an dem Schiff gearbeitet hatte. Es tat ihm entsetzlich leid, daß er so tolpatschig gewesen war. Darum wehrte er sich fast gar nicht, als Benni rasend vor Wut auf ihn einschlug. Dabei heulte Benni laut. Dann schrie er Schimpfwörter, die furchtbarsten, die ihm einfielen. Und zuletzt brüllte er: »Du bist ein alter Blödmann, das hat Viola auch gesagt. Ein Trottel! Nichts kannst du, hat sie gesagt. Doof bist du, doof, doof, doof!«

Carlchen wurde es rot vor Augen. Er schlug

Benni ins Gesicht, daß es nur so klatschte. »Du lügst!« schrie er und heulte nun auch.

»Frag sie doch selber«, jaulte Benni und hielt sich die Nase. »Jetzt hab ich auch noch Nasenbluten, du Blödmann!«

Mama stürzte herein und riß sie auseinander. Sie legte Benni ein nasses Taschentuch in den Nacken, sammelte die Schiffsteile auf, sah Carlchen sehr böse an und verkündete, das Fußballänderspiel im Fernsehen dürfe er heute nicht sehen.

Das war gemein, fand Carlchen. Benni schlug gleich los, und Mama fragte gar nicht, ob er das Schiff absichtlich kaputtgemacht hatte. Jetzt sollte er sich auch noch bei Benni entschuldigen. Vor fünf Minuten hätte er das von selbst gemacht und Benni sogar ein Auto oder eine von seinen Kassetten geschenkt. Aber jetzt nicht mehr. Nicht, nachdem Benni das von Viola gesagt hatte.

Carlchen legte sich aufs Bett und rieb sein tränennasses Gesicht im Kopfkissen trocken. Da war wieder der Klumpen in seiner Brust, und er war jetzt sehr dick geworden. Vielleicht hatte Benni in seiner Wut ja nur gelogen. Aber – er konnte es kaum denken – wenn Viola ihn nun wirklich nicht mochte? Wenn sie ihn wirklich blöd fand?

Eins stand jedenfalls fest: Mit diesen Schmerzen in der Brust würde er heute überhaupt nichts mehr essen können. Er würde nicht mehr atmen können. Er würde nicht mehr schlafen können. Und mit der Schule wär's morgen auch nichts. Kein Mensch konnte so etwas aushalten. Carlchen guckte auf seinen Wecker. Es war halb sechs. Es war Mittwoch. Viola war bestimmt vom Ballett zurück.

Carlchen gab sich einen Ruck. Er stand auf und ging zum Spiegel. Ein wild entschlossenes Gesicht starrte ihm entgegen, mit den Spuren von Tränen. Es war sein Gesicht, aber es war auch Andis und Bennis Gesicht. Er drehte sich um, holte Bennis T-Shirt mit dem großen gelben B aus dem Schrank und zog es an. Mit kaltem Wasser wusch er sich die Tränen ab. Nachdem er sich die Nase ordentlich geputzt hatte, holte er sich Mamas Augenbrauenstift, leckte ihn ab und tupfte sich drei winzigkleine Sommersprossen auf die Nasenspitze. Genau solche, wie sie auch auf Bennis Nasenspitze saßen. Dann hielt er den Kamm unters Wasser und strich das Haar an den Seiten etwas zurück, wie Benni es immer machte, wenn er zu Viola ging.

Niemand war im Flur. Aus dem Wohnzimmer tönte laut und aufgeregt die Stimme des Fußballreporters. Carlchen holte Bennis Hammer aus der Garage und lief schnell zu Violas Haus. Viola war gerade im Garten und ließ den riesigen Nebu über ein dünnes Stöckchen springen.

»He, Benni«, sagte sie überrascht. »Ist doch gar nicht dein Tag heute.«

»Ich wollte nur nach dem Baumhaus sehen«, stieß Carlchen hervor. »Muß noch was festklopfen.«

Besonders glücklich wirkte Viola nicht, wenn sie Benni sah, stellte er erleichtert fest. Er kletterte schnell an der dicken Linde zu Bennis Baumhaus hinauf, damit er Viola nicht in die Augen gucken mußte. Im Lügen war Carlchen nicht besonders gut. Er hämmerte erst etwas auf dem Holz herum, dann schluckte er, und dann rief er zu Viola hinunter: »Wie findest du eigentlich Carlchen?«

»Wie kommst du denn darauf?« fragte Viola erstaunt zurück.

Carlchen schlug wie wild auf das Holz ein. »Bloß so«, rief er. Seine Stimme zitterte ein bißchen. Hoffentlich merkte es Viola nicht. »Wie findest du ihn denn?«

»Bescheuert«, rief Viola und ließ Nebu wieder über den Stock springen.

»Was?« schrie Carlchen.

»Be-scheu-ert!« rief Viola noch lauter. »Plemplem! Blöd! Verstanden? Der mit seiner Geige!«

Carlchen glitt der Hammer aus der Hand. Er fiel dicht neben Viola auf den Rasen. Viola sprang entsetzt zur Seite. »Bist du verrückt geworden?«

Carlchen rutschte den Baum hinunter. Seine Hände wurden von der rauhen Rinde aufgerissen und begannen zu bluten, aber das merkte er gar nicht. Er stellte sich dicht vor Viola auf und schrie: »Ja! Verrückt, blöd, plemplem, bescheuert! Und langweilig! Ich mit meiner Geige!«

Viola machte ein sehr dummes Gesicht. Dann machte sie ein sehr verlegenes Gesicht. »Ach so«, stotterte sie. »Du bist gar nicht ... Aber ich meine doch ... ich find doch Benni doof ...« Ihre Stimme klang gar nicht mehr wie eine Geige. Oder höchstens wie eine sehr verstimmte.

Carlchen rannte zum Eingangstor, öffnete es und lief davon.

»Dein Hammer!« rief Viola hinter ihm her.

Wenn Carlchen in diesem Augenblick etwas egal war, dann war es der Hammer. Er stürzte nach Hause, ins Kinderzimmer, kroch tief unter seine Bettdecke und hoffte, daß er einschlafen und nie, nie wieder aufwachen würde.

Das ABC verändert sich

Aber man kann noch so traurig sein, man wacht doch wieder auf. Man geht zur Schule, auch wenn man dort nicht aufpaßt. Man ißt zu Mittag, wenn auch wenig. Man spricht sogar ein bißchen. Alles in allem: Man stirbt nicht so schnell, wie Carlchen sich das vorgestellt hatte. Nach drei Tagen spielte er sogar wieder. Er spielte mit Christine. Nach vier Tagen sagte er zu Mama: »Ich geh zum Friseur!«

Mama guckte erstaunt. »Aber ich finde euch so hübsch mit den längeren Haaren. Du bist doch auch noch nie allein zum Friseur gegangen, Carlchen!«

»Ich will anders aussehen als Benni und Andi«, sagte Carlchen. »Und ich will selbst aussuchen, wie.«

Ja, das konnte Mama verstehen. Auch wenn sie ein bißchen traurig war. Ihre drei Jungen sahen so hübsch aus mit den gleichen Frisuren. Aber sie waren jetzt keine kleinen Kinder mehr und wußten selbst am besten, was ihnen gefiel. Das mußte

Mama zugeben. Carlchen bekam das Geld für einen Haarschnitt. Er holte noch fünf Mark aus seiner Spardose dazu. Schließlich sollte es ein ganz besonderer Haarschnitt werden.

Er ging zu Friseur Biermann, der freitags immer mit Papa Tischtennis spielte. Über Herrn Biermanns Schaufenster stand nicht mehr: FRISEURSALON BIERMANN, was man viele Jahre dort hatte lesen können. Neuerdings war eine Markise angebracht, in einem leuchtenden Rosa, auf der in weißer Schrift MODECOIFFEUR B prangte. Das junge Mädchen hinter der Kasse trug einen rosa Pullover mit der gleichen Aufschrift. Sie guckte gar nicht hoch, als Carlchen hereinkam, sondern betrachtete nachdenklich ihre sehr langen, dunkellila lackierten Fingernägel.

»Guten Tag«, sagte Carlchen höflich.

Das Mädchen streckte einen Arm aus und starrte düster auf ihren Daumennagel. »Mist«, sagte sie.

Carlchen beugte sich vor und guckte auch auf den Daumennagel. Er war abgebrochen. Wenn man überlegte, wieviel Zeit die Nägel wohl gebraucht hatten, um ihre unwahrscheinliche Länge zu erreichen, war das mit dem Daumen wirklich Mist, dachte Carlchen. Aber trotzdem wollte er

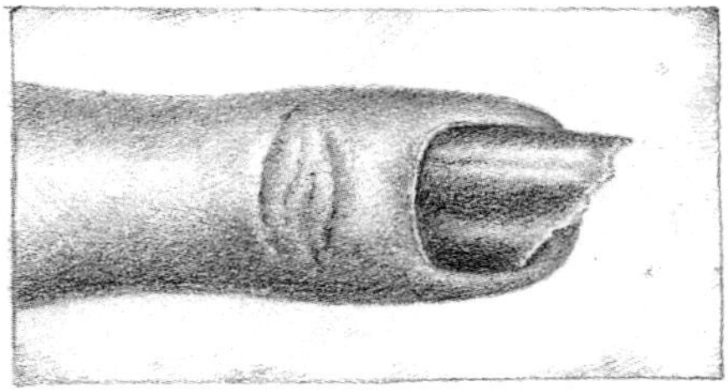

gern seine Haare geschnitten haben. Er räusperte sich laut.

»Deine Mutter sitzt oben«, sagte das Mädchen, ohne den Blick von ihrem Fingernagel zu lösen.

»Wieso?« fragte Carlchen überrascht.

»Alle Damen werden oben frisiert«, sagte das Mädchen ungeduldig. »Nun geh schon.« Sie war wegen ihres Nagels offensichtlich sehr schlechter Laune.

»Meine Mutter ist nicht hier. *Ich* möchte die Haare geschnitten haben«, sagte Carlchen vorsichtig.

Das Mädchen hörte gar nicht zu. In diesem Augenblick kam Herr Biermann die Treppe herunter. Das Mädchen ließ schnell den Arm sinken und lächelte Carlchen zuckersüß an. »Ja bitte, Kleiner?«

»Ich will einen anderen Haarschnitt«, sagte Carlchen. Er sagte es zu Herrn B (so nannte Papa

Herrn Biermann immer, seit der sich die Markise zugelegt hatte).

»Wird gemacht, Bürschchen, wird gemacht!« rief Herr B und kitzelte Carlchen mit dem breiten Pinsel, den er in der Hand trug, unter der Nase.

Carlchen nieste. Herr B brachte ihn in das untere Zimmer, wo die Männer und die Kinder und die Mäntel untergebracht waren. »Einen Augenblick Geduld, Bürschchen, du wirst gleich vom Chef selber frisiert«, sagte er. Herr B sagte immer »Bürschchen«, weil er nie wußte, ob er Andi, Benni oder Carlchen vor sich hatte.

Der Kinderstuhl war gerade von einem kleineren Kind mit dunklen Haaren besetzt. Carlchen konnte sehen, wie die Friseuse das Haar hinten ganz schnell mit ihrer großen Schere abschnitt. Vorne konnte er im Spiegel das Kind sehen, wie es sich anstarrte. Es hatte kugelrunde Augen und große abstehende Ohren. Ab und zu wackelte das Kind mit dem Kopf, und die Friseuse schimpfte dann. Als sie hinten fertig war, begann sie vorne den Pony zu schneiden.

»Ist er dir so kurz genug?« fragte sie.

Das Kind wühlte unter dem Frisierumhang einen Zettel aus der Hosentasche und hielt ihn der

Friseuse hin. »Das ist die Telefonnummer«, sagte es. »Du mußt anrufen und meine Mutter fragen.«

Carlchen fand, daß es ein sehr dummes Kind war. Die Mutter konnte doch durchs Telefon nicht sehen, wie kurz der Pony war! Außerdem sagte dieses Kind »Du« zu Erwachsenen. Jetzt schnitt die Friseuse die Seitenhaare.

»Hast du Haareschneiden gelernt?« fragte das Kind.

»Natürlich«, sagte die Friseuse und schnippelte weiter.

»Hast du auch gelernt, wie man nicht in die Ohren schneidet?« fragte das Kind. Diese Frage fand Carlchen nicht dumm, denn das Kind hatte wirklich *sehr* abstehende Ohren.

»Schnipp, schnipp, schnipperipp«, machte die Schere haarscharf am linken Ohr. Das Kind wakkelte mit dem Kopf und riß plötzlich die Hand hoch.

»Schnipp«, machte die Schere und schnitt in den Finger. Die Friseuse erstarrte. Das Kind auch. Es guckte verblüfft auf seinen Finger. Und dann sah Carlchen, wie ein winziger Blutstropfen den Finger herablief. Als das Kind das Blut sah, begann es zu brüllen. »Bluuuut!« brüllte es. »Aua! Mama!«

Herr B kam herbeigestürzt. »Oje, ojemine!« rief er. »Ja, wer wird denn gleich ... ja, was machen wir denn da, mein Schatz ...« Er griff in seine Kitteltasche und stopfte dem Kind Gummibärchen in den weitaufgerissenen Mund. Aber die flogen gleich wieder heraus.

»Bluuuut!« schrie das Kind.

Einige Friseusen und Frauen mit Lockenwicklern auf dem Kopf drängten die Treppe herunter. Auch von der Straße kamen Neugierige herein.

»Bluuuut!« schrie das Kind.

»Ein Pflaster, Fräulein Bianca«, rief Herr B.

»Kein Pflaster! Bluuuut! Mama!« schrie das Kind.

»Auf dem Pflaster ist eine Mickymaus, Liebling«, rief Herr B.

»Keine Mickymaus! Mama!« heulte das Kind.

Die Friseuse zog den Zettel aus der Hosentasche des Kindes. Sie gab ihn Herrn B. »Da ist die Adresse drauf!« tuschelte sie.

»Fräulein Nicole!« rief Herr B. Das Mädchen mit dem abgebrochenen Fingernagel drängte sich durch die Menge. Herr B gab ihr den Zettel und stieß ihr das schreiende Kind in die Arme. »Fahren Sie es nach Hause, schnell«, rief er. »Und gute Besserung, Herzchen!«

Fräulein Nicole zog mit dem heulenden Kind ab, das links kurzes und rechts langes Haar hatte. Sie tat Carlchen leid. Mit Sicherheit hatte sie heute nicht ihren besten Tag erwischt.

Das Zimmer leerte sich wieder. Herr B. tupfte sich den Schweiß von der Stirn und trank eine Tasse Kaffee.

»Gräßliches Balg«, sagte er zu Carlchen. »Komm, mein Bürschchen, wir werden es besser machen.« Das hoffte Carlchen auch. Obwohl es selten beim Friseur so interessant gewesen war wie heute. Er stieg auf den hohen Sitz.

»Was soll's denn sein?« fragte Herr B.

»Etwas Besonderes«, sagte Carlchen. »Etwas, was nicht jeder hat.«

»Vernünftig, sehr vernünftig«, sagte Herr B. »Da bist du bei Modecoiffeur B genau richtig.« Er holte eine Mappe mit Fotos von Kindern, die Fri-

suren vorführten. Er zeigte Carlchen einen abscheulichen Lockenkopf, der ihn an sein Erlebnis mit Meiers Mittags-Müsli erinnerte, einen Stoppelhaarschnitt, einen Topfschnitt mit langem Pony, einen Schnitt, der vorne und an den Seiten ganz kurz war und im Nacken lange Strähnen hatte.

»Wird vorne mit Gel geknetet, das sieht dann naß aus«, erklärte Herr B. »Sehr schick.«

»Das nehme ich«, sagte Carlchen.

Herr B. machte sich gleich an die Arbeit. Sonst sprach er immer sehr viel, besonders über Papa, den er »alter Junge« nannte. Aber heute war er still. Wahrscheinlich war er noch fertig von dem Gebrüll. Carlchen beobachtete halb träumerisch mit zusammengekniffenen Augen, wie Herr B sich auf seinem Kopf zu schaffen machte. Erst fielen die langen Ponyhaare vorne. Dann fielen die langen Haare über den Ohren. Carlchen wackelte nicht mit dem Kopf, und Herr B schnitt ihn nicht in die Ohren. Etwas traurig war Carlchen doch, als seine schönen blonden Haare auf dem Fußboden lagen.

Aber nur etwas traurig, denn aus dem Spiegel sah ihm ein ganz neues Carlchen entgegen. Ein Carlchen, das ein bißchen frecher, ein bißchen lustiger und ein bißchen aufregender aussah als das alte Carlchen. Carlchen mochte diesen neuen Jungen, und je mehr Herr B vorne an dem Bürstenhaarschnitt herumarbeitete, desto frecher, lustiger und aufregender fühlte Carlchen sich. Zum Schluß machte Herr B das Haar mit Gel feucht und zeigte Carlchen in einem großen Handspiegel, wie sein Kopf von hinten aussah mit den komischen langen Haarsträhnen, die wie Federn aus dem kurzen Kopfhaar herab bis fast auf die Schultern fielen.

»Steht dir, mein Bürschchen«, sagte er.

Carlchen fand das auch. Toll war, daß Herr B ihm nur Mamas Geld abnahm. Für seine eigenen fünf Mark kaufte Carlchen sich ein großes Eis, ein paar Aufkleber und ein Comic-Heft. Ein paarmal spiegelte er sich in den Schaufensterscheiben. Er erkannte sich kaum wieder.

Das ging auch Mama so, denn als sie die Tür öffnete, fragte sie höflich: »Zu wem möchtest du, bitte?«

»Ich bin doch Carlchen«, sagte Carlchen.

»Nein«, rief Mama. »Wirklich? Ist denn das die Möglichkeit! Du siehst ja phantastisch aus!«

»Was ist los?« rief Benni aus dem Kinderzimmer.

»Kommt mal her«, sagte Mama. »Ihr habt Besuch bekommen. Euer Vetter Charlie aus Amerika ist da!«

Andi, Benni und Christine guckten neugierig um die Ecke.

»Ih, wie siehst du denn aus!« rief Benni. Aber Carlchen hörte genau, daß es etwas neidisch klang. Andi sagte gar nichts, sondern starrte Carlchen mit sehr großen Augen an. Christine ging zweimal um Carlchen herum und fand dann, Carlchens Haarschnitt sei der totale Wahnsinn. Einfach super.

Andi und Benni verschwanden im Flur und zogen ihre Jacken an.

»Ihr wollt nicht zufällig zum Friseur?« fragte Mama.

»Doch«, sagte Andi erstaunt. »Woher weißt du das? Wo ist das Portemonnaie?«

»Das ist ein teurer Tag für mich«, seufzte Mama.

Carlchen ärgerte sich. »Mama«, sagte er, »ich bin zum Friseur gegangen, weil ich anders aussehen will als die beiden. Ich habe keine Lust mehr, immer verwechselt zu werden. Ich will wie Carlchen aussehen und nicht wie Andi oder Benni.«

»Ja«, sagte Mama, »das versteht wohl jeder.« Sie rief Herrn B an und erklärte ihm etwas ganz genau.

Als Andi und Benni zurückkamen, waren die Nackenhaare bei Benni nur halb so lang wie die von Carlchen. Die von Andi waren nur halb so lang wie Bennis, also fast so kurz wie der Bürstenhaarschnitt vorne.

»Hat er einfach gemacht«, brummelte Andi.

Carlchen guckte Mama dankbar an. Jetzt konnte ihn bestimmt niemand mehr verwechseln!

Nur Papa, der in manchen Sachen etwas langsam war, hatte so seine Schwierigkeiten. »Wie«, murmelte er und putzte ausgiebig seine Brille, »wie weiß ich jetzt, wer von diesen nun so verschieden frisierten Knaben mein Sohn B ist? Ist es der mit den langen Strähnen? Oder ist das Sohn A? Ist Sohn C der mit dem kürzesten Haar? Oder hat er die mittlere Länge? Wie kann ich mir das jemals merken?«

»Es ist ganz einfach«, sagte Mama. »Carlchen ist der mit dem Carlchengesicht. Andi ist der, der wie Andi aussieht. Und der dann noch übrigbleibt, ist natürlich Benni. Und weil sie alle verschieden sind, sich aber trotzdem alle ähnlich sehen und alle zusammengehören, bleiben sie weiter, was sie immer waren: unser ABC!«

Anna
kann nicht schlafen…

Hannelore Kleinschmid

Anna kann nicht schlafen
91 Seiten. Ab 5 Jahre.

Anna und das Segelohr
112 Seiten. Ab 5 Jahre.

Anna will nicht essen
113 Seiten. Ab 5 Jahre

In jeder Buchhandlung

Wenn Anna abends im Bett liegt, schlagen ihre Gedanken Purzelbäume: sie kann nicht einschlafen. In phantasievollen Schlaf-Traum-Geschichten wird erzählt, wie Anna doch jede Nacht vom Schlaf überlistet wird.

Anna verreist nicht gern, denn auf Reisen ist sie immer das einzige Kind…

Am liebsten würde Anna immer nur Süßigkeiten essen. Sie wird ihren Eltern schon beweisen, daß man von Schokolade gut leben kann!

Prospektwünsche an:

Erika Klopp Verlag
Augustastraße 20B
D-1000 Berlin 45